Kasvotusten harson takaa

© 2020 Maria Naru
Taitto ja kansi: Books on Demand
Kustantaja: BoD – Books on Demand, Helsinki, Suomi
Valmistaja: BoD – Books on Demand, Norderstedt, Saksa
ISBN: 978-952-80-7758-9

Kasvotusten harson takaa

Sannan silmät loistivat. Helena katsoi tytärtään huolestuneena. Miten paljon asioita onkaan muuttunut. Haluaisin ravistella häntä, herättää hänet. Ahdistus painaa, eikä sitä voi näyttää tytölle. Ahdistus salpaa hengityksen, ja sydän hakkaa rajusti. Sanna kokoaa huolettoman näköisenä tavaroitaan. Pian Sannan komero onkin tyhjentynyt vaatteista. Tytön huone näyttää autiolta. Helenalle on ollut tärkeää sisustaa koti lämpimästi ja kauniisti. Koti on aina ollut viihtyisä. Se ei ole välttämättä vaatinut paljoa rahaa. Hän kierteli mielellään kierrätyskeskuksissa ja kirpputoreilla. Sieltä oli löytynyt monia aarteita. Kauniit vanhat kukkaruukut olivat Helenan intohimo. Ne toivat oman leimansa verannalle. Veranta oli asunnon helmi. Sieltä avautui kaunis näkymä puutarhaan ja naapuristoon. Alueella oli rauhallista, hyvin hoidetut puutarhat toivat alueelle luonnonläheisyyttä.

Ovikello soi, ja siinä hän on. Uusi alku elämälle. Helena näkee Sannan palvovan katseen. Mies on komea, intensiivinen ja täynnä lupausta. Tuskallisen ihana elämä… Hänen tähtensä tyttö voisi lähteä maailman ääriin. Sannan olemuksesta näkee, että hän tuntee suunnatonta vetoa mieheen, ja mies näkee vain hänet.

Mies vaikuttaa ystävälliseltä ja rauhalliselta. Hänen katseensa on koko ajan keskittynyt Sannaan.

Fadin isä on Sannan kertoman mukaan hieman vanhoillinen. Hänellä on kaksitoista veljeä kotimaassaan. Tämä kuulostaa Helenan korvissa klaanilta eikä perheeltä. Nuoret eivät ole kertoneet kihlauksesta vielä isälle. Kaikki mahdolliset kertomukset seka-avioliitoista pyörivät Helenan päässä.

Sanna ja Fadi lähtivät saman tien. Miksi mies ei katsonut häntä silmiin? Kunhan Sanna ei vain tulisi raskaaksi, ennen kuin tuntevat toisensa tarpeeksi hyvin.

Helena näkee punaisen Audin kaartavan Pajumäentietä Kuusikontielle ja tulee tyhjä olo. On tehtävä suunnitelma, miten jaksaa olla huolehtimatta ja murehtimatta tulevaisuutta. Kaupassa pitää käydä, ja kohta alkaa lomakin.

Pahus! Sateenvarjo ei tullut mukaan. Reeta oli huonolla tuulella, eikä voinut olla mielessään haukkumatta säätä, ystäviä ja aviopuolisoa. Oli vapaapäivä pitkästä aikaa, mutta oli silti käytävä pikaisesti töissä täyttämässä lomahakemus. Lomasta piti ensin neuvotella pomon kanssa.

Saulikin oli aina tavoittamattomissa. Hän tuli ja meni kuin Reettaa ei olisi ollut olemassa. Naimisiinmeno ei ollut muuttanut hänen asennoitumistaan tippaakaan. Reeta ei halunnut näyttää olevansa liian riippuvainen ja tarvitseva, joten hän oli jo kauan sitten päättänyt olla paljastamatta miehelle todellisia tunteitaan. Sauliin ei voinut luottaa lainkaan. He olivat menneet naimisiin nuorena, ja pian he olivat eläneet erillään omaa elämäänsä. Jotain pitäisi tehdä. Ei näin voi jatkaa loputtomasti. Olisi repäistävä itsensä irti, löydettävä parempi tapa elää.

Töissä on kireä ilmapiiri. Sen tunsi heti ulko-ovella. Salla ja Ritva ovat taas napit vastakkain. Loppumaton taistelu siitä, kumpi päättää asioista työpaikalla, menee liian pitkälle. Reeta kuunteli vain toisella korvalla Sallan valitusta Ritvan itsekkäästä työtavasta ja huokaisi syvään. Ei tässä taistelussa voi ottaa kantaa. Salla päättää yksinpuhelunsa niin kuin aina, kertomalla olevansa norminainen, jolla on upea talo ja pitkä komea mies, jota kelpaa näytellä muillekin. Hän ansaitsee muiden hyväksynnän siinä, missä joku toinenkin, vaikka ei ollut käynyt kouluja loppuun asti. Hän oli kuullut saman puheen lukemattomia kertoja, mutta tänään se kuului ikään kuin kaukaisena soraäänenä taustalla.

Pomoa ei taaskaan näy paikalla. Taitaa olla paikan päällä vain silloin, kun jokin asia on pielessä. Tänään on kuitenkin soitettava pomolle ja puhuttava lomasta. Täältä on päästävä pois mahdollisimman pian. Nyt vain ulos ovesta...

Puhelu menee vastaajaan. Omien lomapäivien kerjääminen on nöyryyttävää. Onneksi on vapaa viikonloppu, kun Julia on mummolassa. Voisi kerrankin tehdä mitä haluaa. Se on harvinaista herkkua.

Saulista ei ole ollut paljoakaan apua lastenhoidossa. No, onhan hän kyllä pitänyt huolta Juliasta, silloin kun on ollut koulutuspäiviä ja on pakostakin joutunut yöpymään toisella paikkakunnalla. Ehkä Saulikin olisi tänään kotona.

Sauli tuli kotiin ajoissa ja toivoi, että Reeta olisi vielä töissä. Pääsisi syyttäviltä katseilta. Puhumattomuus oli pahinta. Reeta oli lopettanut hänen vaatteidensa pesun. Ruokaakaan ei enää tehty häntä varten. Pesulan muovit piti ottaa pois pyykin päältä ja sitten pikaisesti suihkuun. Illalla olisi menoa viimeisen päälle. Vanhat ystävät olivat jääneet vähiin vuosien varrella. Vain muutama oli jäljellä. Tänään juhlittaisiin yhdessä pitkästä aikaa.

Sauli oli jo nuorena tiennyt, mitä haluaa elämässään. Hän piti aina huolta kunnostaan ja kävi treeneissä määrätietoisesti. Pyrkiessään poliisikouluun, mielessä ei ollut epäilyksen häiväkään, hän oli varma pääsystä. Jatko opinnotkin sujuivat kankeilematta. Nyt hän toimi murharyhmän tutkijatiimissä ja viihtyi hyvin. Hänen työssä kohtaamansa väkivalta ja raadollisuus ei kulkeutunut työpaikan ovien ulkopuolelle. Hän oli ylpeä kyvystään karistaa työasiat mielestään vapaa aikana. Juhliminen tosin meni joskus rankaksi, mutta hän piti sitä sivuseikkana. Töihin on aina tullut mentyä ajoissa ja työt hoidettu.

Sauli kuuli oven käyvän. Voi hitto! Nyt täytyy taas selitellä. Hän tuli suihkusta pyyhe ympärillä ja meni makuuhuoneeseensa pukemaan. Kunpa Reeta ei alkaisi taas kuulustella, tonkia hänen tunteitaan ja yrittää löytää ratkaisuja. Elämä Reetan kanssa on liian arkista. Mitään ei tapahdu, eikä mikään tunnu miltään. Tarvitsen enemmän elämältä. Jatkuva jankutus ja syyttely eivät auta mitään.

Sauli hämmästyi, kun Reeta ei kääntänyt katsettaan, vaikka kuuli hänen tulevan huoneeseen. Nainen jatkoi ruokapakettien laittamista jääkaappiin. Sauli näki naisen vetävän syvään henkeä ja alkavan pilkkoa sipuleita. Pöydällä oli vielä valkosipulia, chiliä, korianteria ja läjä tomaatteja. Rasva tirisi pannussa.

– Hei, olet kotona, yritti Sauli.

Reetan katse rekisteröi miehen juhlavaatteet. Nainen ei sanonut sanaakaan, vaan jatkoi vihannesten pilkkomista. Sauli seurasi paikalleen jähmettyneenä, kuinka vihannekset solahtivat pannuun. Kurkuma, kumina ja muut mausteet värjäsivät ruoan eksoottisen väriseksi. Rauhallisen näköisesti Reeta pilkkoi vielä vihreää korianteria pataan. Itämainen tuoksu täytti huoneen. Sauli kääntyi ja avasi ulko-oven. Hän kuuli, kuinka ovi loksahti kylmän metallisesti hänen takanaan. Ihmeellisen aromikas tuoksu seurasi käytävään asti.

Puhelin soi, ja Helena tarttui siihen halukkaasti. Oli kulunut kaksi viikkoa Sannan muutosta, mutta koti tuntui yhä ihan yhtä tyhjältä.

– Hei kultaseni, ihanaa, kun soitat! Miten uudessa kodissa menee? Tule vain käymään. Tule milloin vain. Nähdään pian. Koko olemus täyttyi energiasta. Elämällä oli taas tarkoitus. Raparpereja on varmaan tarpeeksi piirakkaa varten ja vanilja kastiketta jääkaapissa.

Pian piirakan tuoksu täytti huoneen. Ovikello soi. Sanna seisoi siinä kauniina, sinisilmäisenä ja tummatukkaisena. Yhdistelmä oli harvinainen, ja tyttö olikin herättänyt ulkonäöllään huomiota pienestä pitäen. Itse hän oli täysin tietämätön viehätysvoimastaan.

– Hei äiti! Kylläpä täällä tuoksuu hyvälle. Voisinko jäädä yöksi? Fadin sukulaiset ovat kylässä, emmekä ole vielä kertoneet, että asumme yhdessä? Sisaret kyllä tietävät, he ovat hyväksyneet, että olemme pari.

Helenan sydän alkoi tykyttää. Huolestuneet ajatukset puskivat voimalla esille. Ei voi olla totta. Mihin minun kaunis, rakas tyttöni alistuu, ajatteli Helena kauhuissaan. Mutta suusta purkautui vain peitteleviä, hätäisiä kysymyksiä.

– Millaisia Fadin sisarukset sitten ovat? Onko heistä kukaan naimisissa?

– Kaksi siskoa on naimisissa. Vain toinen heistä pitää huivia. He ovat erittäin vapaamielisiä. Sisarukset ovat käyneet täällä koulunsakin ja ovat saaneet hyvät työpaikat. Fadin sisko on sairaanhoitaja, ja veli on autotehtaalla töissä. He asuvat Vaasassa. Koko perhe asui siellä aikaisemmin. Sitten Fadi muutti tänne Helsinkiin, kun sai työpaikan täältä. En ole tavannut kaikkia heitä vielä. Aiomme kyllä pian käydä kylässä heidän luonaan. Perhe on heille tärkeintä maailmassa.

– Hyväksyvätkö he sitten, että olet eri uskontoa?

– En aio valehdella sitä kuka olen, ja Fadi hyväksyy minut sellaisena kuin olen. Ei hän ole koskaan pyytänyt minua vaihtamaan uskontoa, vaikka enhän minä kuulukaan kirkkoon. Mutta ei puhuta siitä nyt. On mukavaa olla ihan näin, ilman huolia. Helena halusi vielä puhua asiasta. Häntä askarrutti lapsien hankinta, ja miten asiat sitten voisivat muuttua. Mutta nyt ei ehkä ollut paras aika jatkaa.

– Muuten! Fadin serkut muuttavat tänne Pajumäentielle, tuohon Koskisen vanhaan rivitaloon. Sehän näkyy meidän keittiön ikkunasta. Hassua, että maailma on muuttunut näin pieneksi.

Tytön huolettomuus ja into tarttuivat. Oli ihanaa saada tytön seuraa koko illaksi.

Lauantaiaamuna he söivät kaurapuuroa ja karjalanpiirakoita terassilla. Iso muuttoauto ajoi Koskisen talon pihaan, ja viisi nuorta miestä alkoi purkaa lastia. Sanna heilutti kättään. Miehet tulivat tervehtimään. Ystävällinen hymy huulilla he esittelivät itsensä. Kaksi heistä oli Fadin serkkuja, mukavan näköisiä nuoria miehiä. Pidempi mies esitteli itsensä Hamidiksi ja kertoi olevansa Fadin isän veljenpoika, ja lyhyempi mies oli hänen veljensä Amir. He rupattelivat hetken, ja miehet palasivat taas töihin. Pian lasti oli purettu, ja muuttoauto hävisi näkyvistä. Sannakin oli lähdössä.

– Kylläpä oli hauskaa. Tämä tehdään uudestaan. Voitaisiin ensikerralla katsoa, vaikka joku hyvä suomalainen elokuva. Sellainen, josta sinä pidät, jossa ei koko ajan kiroilla, nauroi Sanna.

Tyttö lähti kättä heilauttaen. Helena jäi mietteisiinsä. Ilman toista puoliskoa ei ollut helppoa kasvattaa tytärtä. Nyt osaisi paremmin kuin nuorena. Sannalla oli voimakas tarve etsiä miesten hyväksyntää. Se johtui varmaan isättömyydestä. Teini-ikä oli ollut rajua, ja aina ei ollut helppoa ymmärtää tytön ajatuksia. Poikaystävät olivat vaihtuneet tiiviisti. Taidettiin mennä poikien ehdoilla. Helenan oli ollut vaikea hyväksyä tytön pukeutumistyyliä. Facebookin oli ollut täynnä uskaliaita poseerauksia vähissä vaatteissa.

Fadin tullessa kuvioihin oli tytön tyyli kuitenkin muuttunut. Motiivit muutokseen olivat ehkä miehen arvomaalimasta, eivätkä niinkään Sannan. Mitään ei ollut kuitenkaan tehtävissä nyt, kun tyttö oli täysi-ikäinen.

Sauli hyppäsi taksiin Korpivaaran K-marketin luona ja antoi kuskille osoitteen. Paviljonki oli viiden kilometrin päässä järven rannalla. Ilta oli leuto, ja Sauli oli odottavaisella mielellä. Ei vanhat kaverit erityisemmin kiinnostaneet, vaikka oltiin silloin tällöin tapailtukin. Uusia ihmissuhteita ei ollut helppo solmia, joten oli paras pitää kiinni niistä, joita oli jäljellä.

Tänään tuntui kuitenkin erityiseltä, ikään kuin jotain ratkaisevan jännittävää olisi ilmassa. Tunne tuli aina joskus ja silloin oli mentävä mukana.

Ravintola oli puolityhjä, ja musiikki soi hieman liian kovaa. Sauli meni vessaan. Hän katseli itseään peilistä ja oli tyytyväinen ulkonäköönsä. Treenaaminen on tuottanut tulosta, ja kroppa oli huippukunnossa, jäntevä ja sopivan lihaksikas. Tummat lyhyeksi höylätyt hiukset ja päättäväinen leuka antoivat itsevarman vaikutuksen. Miehen kasvojen ilme pysyi useimmiten merkillisen samana, ikään kuin hän olisi käyttänyt naamiota, jonka taakse oli helppo piilottaa tunteet. Joskus hän itsekin oudoksui omien silmiensä kylmää syvyyttä, eikä mielellään katsonut itseään silmiin. Tänään hän kuitenkin hymyili tyytyväisenä itselleen.

Jari, Rasmus ja Tapani olivat jo näköjään paikalla ja istuivat baaritiskillä.

Saulin näkeminen sai joukossa aikaan riemun örähdyksiä. Taisivat olla jo nousuhumalassa. Saulikin tilasi oluen. Oli paras pitää pää kuitenkin selvänä.

– No mitäs jätkät?

– Mikäpä tässä, vastasi Rasmus. Tuija ja Jaana ovat myös tulossa, jos muistat heidät lukiosta. Ovat molemmat vapaata riistaa nykyään, vaikka ei niitä kannata vakavasti ottaa. Molemmilla on painolastia, aika pieniä mukuloita molemmilla. Hyvännäköisiä muijia kuitenkin molemmat.

– Kuka tässä vakavasti on ottamassa mitään, tokaisi Jari. Ilo irti ja juhlat käyntiin!

Saulia hymyilytti miesten rehvastelu.

Tuija ja Jaana astuivat sisään ravintolaan. Miesten katseet nauliintuivat tulijoihin. Ilmeistä päätellen se, mitä he näkivät, kelpuutettiin. Kuului jopa hiljaista, hyväksyvää muminaa.

Sauli tarkasteli naisia ja ihmetteli, miten erilaisia he olivat. Jaana oli tumma, ja hänellä oli selkeät piirteet. Silmät olivat suuret ja kauniit. Muutenkin hänellä oli kaunis melkein mallin vartalo, eikä aika ollut koskenut häneen. Jaana oli aina tyylikäs ja kotonaan, missä ympäristössä tahansa. Nyt hänellä oli päällään tyköistuva hihaton mekko, joka paljasti hänen tiukan vartalonsa ääriviivat. Mekko oli ehkä liiankin paljastava, mutta se oli varmaan tarkoituksella valittu.

Tuija oli hänen vastakohtansa. Hänellä oli pieni hento vartalo. Hiukset olivat ohuenlaiset vaaleat ja kasvot mitään sanomattomat. Hänessä oli kuitenkin jotain äärimmäisen herkkää ja naisellista. Naisesta aisti epävarmuuden. Jos hän olisi ihmisjoukossa, hän olisi varmaan näkymätön. Vaatteet olivat siistit, mutta värittömät. Naisesta voisi tulla kohtalaisen näköinen, jos hän viitsi vähän vaivautua ulkonäkönsä vuoksi.

Koko Tuijan olemus kertoi, ettei hän halunnut olla huomion keskipisteenä. Sauli arvosteli mielessään ankarin kääntein naisen hermostunutta olemusta.

– No tulkaa, mennään nyt istumaan pöytään, huuteli Jari.

15

Helena touhusi keittiössä onnellisena. Tyttären iloinen ääni puhelimessa lämmitti aina. Äänestä saattoi päätellä paljon. Helena soitteli niin usein kuin kehtasi Sannalle. Hän kuunteli, miltä tyttö kuulosti. Jos hän oli allapäin, saattoi sen kuulla heti äänensävystä.

Sanna pyrähtikin pian ovesta sisään, ja puheen sorina täytti muuten niin hiljaisen keittiön. Tytöllä oli paljon kerrottavaa.

– Fadi haluaa, että jatkan kesken jääneitä opintojani. Taloudellisesti se on vaikeaa, ja siksi Fadin serkku Hamid palkkaa minut lapsenhoitajaksi muutamana päivänä viikossa. Hamidin vaimo Leyla käy pari kertaa viikossa opiskelemassa suomea ja ostoksilla. Heillä on kolmivuotias poika. Yksi veljeksistä on palannut kotimaahan ja jättänyt perheensä tänne. Hän ei ollut viihtynyt täällä. Hänenkin kaksi lastaan tulisi hoitoon, jotta heidän äitinsä saisi omaa aikaa. Hamidin mielestä yksinhuoltajan elämä on rankkaa, joten hän haluaa olla avuksi. Samalla serkukset voivat leikkiä yhdessä ja tutustua paremmin toisiinsa. He ovat hyvin läheisiä. Serkkujakin kutsutaan usein veljiksi. Välillä en tiedä, kuka on serkku ja kuka veli. Voin käydä luonasi useimmin, kun olisin jo lähistöllä.

– Ihanaa lohipiirakkaa, ihasteli Sanna.

Helena oli tehnyt piirakan heti, kun tyttö soitti tulostaan.

– Äiti, milloin sinä lähdet lomalle? Oletko jo päättänyt, minne ja kenen kanssa?

– On minulla jo suunnitelma, ja olen katsellut lippuja Espanjaan. Netissä on vuokralla asuntoja, ja olen katsellut niitä. Asuisin mieluimmin tavallisessa asunnossa kuin hotellissa. En ole saanut ketään innostumaan asiasta. Olen ihan tyytyväinen, kun saan matkustaa ja nähdä uusia paikkoja, vaikka yksinkin.

– Olisin voinut lähteä mukaasi matkalle, mutta nyt on Fadikin. On minulla kyllä muutenkin paljon tekemistä juuri nyt.

Helenan teki mieli sanoa tytölle, että tämä omistaa oman

elämänsä ja voi tehdä omat ratkaisunsa, vaikka onkin yhdessä toisen kanssa.

– Olen matkalla kaksi viikkoa. Varaan ehkä tänään asunnon Punta Primasta Orihuelasta. Asunto on melko halpa. Se on kävelymatkan päässä rannasta. Kuvissa se näyttää viihtyisältä. Odotan jo pääseväni aurinkoon lukemaan hyvää kirjaa rannalle. Asunnossa on parvekekin.

Ovikello soi, ja Sanna meni avaamaan.

– Hei, tulin hakemaan sinua kotiin. Pääsin aikaisemmin töistä.

Fadi tervehti Helenaa ja kysyi tämän vointia. Helenaa hymyilytti miehen kohtelias käytös.

– Kiitos, hyvin tässä voin.

– Äiti on lähdössä Espanjaan lomalle.

Fadi kyseli kohteliaasti matkasta ja tarjoutui viemään Helenan lentokentälle. Helena oli kiitollinen tarjouksesta, kun kentälle pääsy oli muuten aika vaivaloista. Suoraa juna- tai bussiyhteyttä ei ollut, vaikka kenttä ei ollutkaan mahdottoman kaukana.

– Maistuisiko sinulle kahvi ja lohipiirakkaakin on.

Fadi kieltäytyi ja oli jo lähdössä. Sanna alkoi koota pikaisesti tavaroitaan ja seurasi perässä. Helena jäi katsomaan heidän peräänsä mietteliäänä. Kevätaurinko lämmitti jo ikkunan läpi.

Hetken kuluttua hän ravisteli itsensä tähän hetkeen ja avasi netin. Hän alkoi taas selata matkoja. Pääsisi sitä varmaan Ruotsin kauttakin ja varmaan paljon halvemmalla. Hän oli jo kouluajoista lähtien lukenut ruotsalaisia lehtiä oppiakseen paremmin kieltä. Tapa oli jäänyt elämään koulunkin jälkeen. Matkat olivat huomattavasti halvempia Ruotsissa, kun siellä toimi lukuisat eri lentoyhtiöt, ja kilpailu oli kovaa.

Helena avasi Aftonbladetin. Hänen tarkoituksenaan oli selata "viime minuutin" matkoja, mutta hän jäi lukemaan etusivun juttua. Pommiräjähdys taas Malmössä, asuntoalue evakuoitu. Autojakin oli taas poltettu viime yönä. Ties kuinka mones pommi on räjähtänyt. Onneksi tällä kerta kukaan ei kuollut. Moskeijaankin oli heitetty käsigranaatti. Lukuisat pizzeriat saivat säännöllisesti ikkunansa hajalle. Synagogatkaan eivät ole säästyneet hyökkäyksiltä. Samanlaisia uutisia kuukausi toisensa perään. Poliisi tuntuu olevan voimaton. Reportterit olivat halunneet kuvata elämää Rinkebyssä, mutta saivat vastaansa aggressiivisten ulkomaalaisnuorten joukon. Heidän oli lähdettävä pois, kun kivet alkoivat lentää. Yksi reportterista sai kivestä päähän ja vuoti verta. Poliisi ei ollut suostunut tulemaan heidän suojakseen. Poliisi perusteli kieltoa sillä, että heidän läsnäolonsa koetaan provosoivana.

Demokratia murentuu sisältäpäin, kun alueet ghettoutuvat. Eri lait vallitsevat eri alueilla. Helena luki, että tytöt eivät enää uskalla kulkea iltaisin yksin Rinkebyssä. Moskeijoissa saarnataan sharia lakeja suljettujen ovien takana. Naisille huomautellaan, jos pukeutuminen on liian keppoisaa. Ryhmäpainostus kasvaa, ja naiset ovat uhreina ensin. Ei tässä tiedä, mitä pitäisi tehdä ja ajatella. Pieni, mutta aggressiivinen joukko yrittää kontrolloida omiaan. Vaikea paeta painostusta, kun se seuraa perässä. Maailma on tullut kylään ja jäänyt asumaan.

Pakolaisia tulee taas tasaisena virtana kuukausi toisen jälkeen. Ihmisraukat taitavat joutua puun ja kuoren väliin. Sodan ja kauheuksien näkemisen jälkeen saattaa tämä kuitenkin tuntua rauhalta, vaikka polttopullot lentelevät viikoittain. Koko Lähi –Itä tulessa. Olisi pitänyt jo kauan sitten tehdä oikeita poliittisia ratkaisuja.

Se, ettei puututa toisten asioihin ei enää ole oikea vaihtoehto. Kaikki vaikuttaa kaikkeen. Elämme samassa maailmassa. Miesten johtamassa maailmassa konfliktit ratkotaan liian usein uhkaamalla ja aggressioilla. Ongelmien syiden selvittämiseen ei riitä ymmärrystä. Ympäristön tuhoaminen Aasiassa ei voi olla vain heidän ongelmansa. Kuusikymmentä prosenttia valtamerten muovista on Intiasta. Muovin käytön kielto siellä ei ole koskaan tullut käytännön tasolle. Lait monissa maissa kuulostavat hienoilta, mutta niitä ei noudateta käytännössä. Ulkopuolista painostusta tarvitaan, ei vain taloudellisen hyödyn keräämistä. Eurooppa seisoo melko yksin puolustamassa demokraattisia arvoja, ihmisten tasa-arvoa ja oikeutta ihmisarvoiseen elämään. Nykypäivän haasteet pakottavat kuitenkin yksilöt vaikeiden peruskysymysten uudelleen arvioimiseen. Ihmiset pitävät tiukasti kiinni omasta mukavuudestaan. Omista eduista luopuminen muiden hyväksi, tuntuu olevan äärimmäisen vaikeaa.

Helena katsahti ikkunasta ulos, ja hänen mietiskelynsä keskeytyi. Hän näki harmaan Volvon seisovan tienreunassa. Autossa istui mies. Sama Volvo oli seisonut siinä eilenkin päivällä. Aivan kuin mies odottelisi tai tarkkailisi jotain. Helena ravisteli päätään ja karisteli mielestään epämukavan tunteen.

Kun Tuija ja Jaana astuivat sisään ravintolaan, erottivat he vanhat kaverit heti muusta joukosta. Lukiosta oli jo aikaa, ja aika oli muuttanut ystävysten ulkonäköä. Jarilla oli iso tynnyrivatsa, jota hän oli parhaillaan täyttämässä. Rasmus oli kaljuuntunut päälaelta, vaikka oli vasta neljänkympin tienoilla. Tapani oli entisenlainen. Hänet tuntisi missä vain. Olihan hänkin saanut muutamia lisäkiloja, mutta ne vain pukivat häntä.

Jaana oli jo ovella kertonut Tuijalle, että aikoi hinnalla millä hyvänsä lähteä ravintolasta Saulin kanssa. Jaana istui Saulin viereen. Nainen tuijotti miestä liian tiiviisti suoraan silmiin. Sauli katsoi takaisin, mutta hänen katseensa oli jotenkin tyhjä ja ilmeetön.

Tuija seurasi katseellaan Jaanan flirttailua. Se oli avointa ja lupasi runsaasti. Häntä hävetti hieman Jaanan puolesta. Sauli ei kuitenkaan näyttänyt olevan erityisen kiinnostunut naisesta.

Tuijasta oli mukavaa päästä ulos. Hän oli useimmiten yksin kotona lasten kanssa. Hän muisti kaverit, mutta ei ollut mitenkään varmaa, että he muistaisivat hänet. Tuija oli kouluaikaan ollut ujo ja melko yksinäinen. Ei hän ollut silloin eikä nytkään pahimmin kärsinyt yksinolosta, mutta välillä oli mukavaa saada aikuista seuraa. Ilta ei kuitenkaan vastannut odotuksia.

Miehet alkoivat olla melko humalassa. Puhetyyli muuttui karkeammaksi. Keskustelu oli kuin kukkotappelu. Omien saavutusten kehumista vahvistettiin karkeilla kirosanoilla. Hän oli aina vierastanut joidenkin miesten ja miksei naistenkin karkeaa kielenkäyttöä, jota vahvistettiin koko kiroilusanaston laajuudelta. Hän kuunteli vaiti vähän väliä kovaääniseksikin nousevaa keskustelua. Jos hän puuttuisi keskusteluun ja sanoisi todellisen mielipiteensä, leimattaisiin hänet vakavamieliseksi, ilottomaksi tiukkapipoksi. Sen sijaan hän suunnitteli aikaista kotiinlähtöä, eikä kenelläkään tuntunut olevan mitään sitä vastaan.

Ulkona oli ihana valoisa alkukesän ilta. Linnutkin visersivät vielä tähän aikaa. Kutsuivat varmaan kumppania nekin. Tuija nautti kävelystä raikkaassa ilmassa.

– Hei! Voisin saattaa sinut kotiin. Ääni kuului Saulille.

– Enkä ota kieltävää vastausta.

Tuija tunsi punastuvansa korviaan myöten, eikä vastannut miehelle, vaan jatkoi vain kävelyä. Sauli tuli viereen kävelemään ja oli myös hiljaa. Hiljaisuus ei tuntunut painostavalta. Pian he saapuivat Tuijan asunnon eteen.

– Keitätkö kahvit, kysyi Sauli?

Tuijan henki salpautui, eivätkä sanat tulleet suusta. Sauli naurahti hyväntahtoisesti ja sanoi kyllä voivansa itsekin keittää, jos vain Tuija näyttää, missä kahvinpurut ovat. Tuija ei vieläkään vastannut mitään, vaan kaivoi esiin avaimen ja avasi oven. Sauli seurasi hiljaisena perässä.

Asunto oli pieni kaksio. Makuuhuone oli kalustettu lastenhuoneeksi. Tuija itse nukkui vuodesohvassa olohuoneessa. Keittiö oli olohuoneen yhteydessä.

Sauli katseli ympärilleen ja kehui asuntoa viihtyisäksi.

– Pienihän tämä on, sai Tuija sanotuksi.

Sauli otti käteensä valokuvan hyllyltä.

– Nämäkö ovat sinun lapsesi?

Kuvassa oli kaksi lasta. Pojalla oli tummat hiukset ja tyttö oli Tuijan näköinen vaalea. Poika oli pienempi, tyttö vähän vanhempi, suunnilleen saman ikäinen kuin Julia. Sauli laittoi valokuvan takaisin.

– Missä lapset ovat nyt?

– Lasten isän puoleiset sukulaiset hoitavat joskus, jotta pääsen hieman tuulettumaan, vastasi Tuija.

Tuija alkoi keittää kahvia. Sauli seurasi sohvalta hänen puuhiaan. Tuija tunsi miehen katseen ja häpesi hieman arkisia vaatteitaan. Hän oli välillä miettinyt huumorilla omaa arkuuttaan. Tunkeilevat katseet saivat hänet miettimään koko kehon kokonaan peittävää vaatetta, burkaa. Harson takaa voisi nähdä muut ja jäädä itse näkymättömäksi. Nyt hänestä tuntui kuin hän olisi juuri riisunut burkan, eikä ollut vielä tottunut muiden katseisiin. Kahvia ja ballerinakeksejä ilmestyi pöydälle.

– Sokeria vai juotko ilman, kysyi Tuija.

Ravintolassa juotu viinilasi oli saanut hänet rentoutumaan hieman. Hän ei ollut tapaillut ketään siitä lähtien, kun lasten isä muutti pois. Siitä oli jo kaksi vuotta.

– Tapaavatko lapsesi isäänsä usein, kysyi Sauli?

– Ei, hän asuu kotimaassaan. Eivät oikein osaa kaipaakaan, kun olivat niin pieniä, silloin kun hän lähti. Hän ei kai pitänyt Suomesta. Liian kylmä ja ihmisiin oli vaikea tutustua. Ensimmäisenä tuntemattomatkin ihmiset aina kysyvät, mistä tulee ja miksi on tullut tänne. Kun sitten tiedetään kotimaa, niin laitetaan sitten siihen muottiin, millaisena kuvitellaan sen maan ihmisten olevan. Harva haluaa tutustua syvemmin. Humalassa kuulemma kaikki kavereita, mutta seuraavana päivänä ei tunnetakaan enää. Kaverisuhteet jäivät pinnallisiksi ja yksipuolisiksi. Erilaisuus ei herätä kiinnostusta nykyään, päinvastoin se tuntuu loitontavan ja pelottavan monia.

Saulin katse sai Tuijan jännittyneeksi, ja hän käänsi katseensa pois. Mies yritti tavoittaa Tuijan silmät ja vangita katseen. Mies hymyili leppoisasti ja puhui rauhallisella äänellä. Hänestä sai miellyttävän vaikutelman. Tuijalla ei ollut enää mitään sitä vastaan, että oppisi tuntemaan miestä paremmin.

Sauli istuskeli vielä hetken ja kiitteli sitten kahvista. Miehen lähdettyä Tuijaa nauratti pitkästä aikaa. Hän tunsi olevansa olemassa. Oliko hän herännyt pitkästä unesta? Hän oli iloinen siitä, että oli olemassa. Saulin partaveden tuoksu leijaili vielä ilmassa. Se todisti, ettei hän ollut kuvitellut kaikkea tätä.

Reeta juoksi viimeiset metrit metroon. Matka Herttoniemeen kesti vain kymmenen minuuttia. Aseman viereisestä marketista voisi ostaa munkkeja tuliaisiksi.

Marketin iltapäivälehtien otsikot huusivat isoin kirjaimin: "Pommiuhka Itäkeskuksen kauppakeskuksessa. Poliisi evakuoi koko kauppakeskuksen".

Uhkauksia on ollut ennenkin, mutta ne ovat aina osoittautuneet vääriksi. Onkohan tämäkin pelkkä sairaan mielen tekemä tyhjä uhkaus. Onneksi en ollut Julian kanssa ostoksilla siellä. On vaikeaa selitellä tytölle maailman menoa.

Nyt Saulia ei varmaan taas näy koko viikonloppuna. Sauli on työkavereiden ja pomonsa arvostama poliisi, jonka tutkimustyö väkivaltarikoksissa on tuottanut tulosta useamminkin kuin kerran.

Reeta kiipesi rappuset ylös kolmanteen kerrokseen ja soitti veljensä ovikelloa. Ville avasikin heti oven.

– Oletko kuullut uutisia. Pommi räjähti Itiksessä. Kolme ihmistä loukkaantui. Mikä tätä maailmaa vaivaa, puuskutti Ville tuskaisella äänellä? Kuka tekee tällaista? Mikä ihmisiä oikein vaivaa? Niin paljon sokeaa vihaa. Joku taas kantaa kaunaa jostain, mikä on tapahtunut ajat sitten. Tietty joku koulussa kiusattu ja nyt viattomat saa taas maksaa. Mitä se auttaa? Voiko tekijä paremmin tämän jälkeen, ei taatusti. No, onhan joka paikka täynnä pakolaisiakin. Voihan se olla joku turhautunut sotien vammauttama maahanmuuttajakin, jota ollaan palauttamassa takaisin jonnekin rikkipommitettuun lähiöön. Tänään ei kyllä tiedä, mitä huomenna tapahtuu.

Julia juoksi äidin syliin ja kiersi kädet kaulaan.

– Mennäänkö kotiin?

Reeta ei halunnut keskustella päivän tapahtumista Julian kuullen. Ville ei pystynyt pitämään turhautuneisuuttaan sisällään, vaan jatkoi...

– Missä täällä kohta uskaltaa liikkua? Ties vaikka olisi enemmänkin pommeja. Älkää lähtekö vielä. Eikö Sauli voisi tulla hakemaan teitä?

Reeta istahti sohvalle Julia sylissä ja huokasi syvään.

– Rauhoitu nyt vähän niin juodaan kahvit. Ostin munkkejakin marketista.

Reeta otti puhelimen laukusta ja näppäili Saulin numeron. Numero ei vastannut. Reetan mieltä masensi se, ettei Sauli soitellut ja kysellyt missä päin he olivat. Hän halusi vaihtaa puheenaihetta.

– Haluaisin lomalle, mutta en tiedä saanko pitää lomapäiviä nyt. Ei minulla ole kyllä varaakaan, kun kaikki on niin kallista nykyään.

– Onhan Saulilla hyvä palkka, ja teitä on kaksi tienaamassa, ihmetteli Ville.

– No rehellisesti sanoen meillä ei mene hyvin. Sauli ei ole pitkään aikaan osallistunut mihinkään, on sillä kai töissäkin paljon ylitöitä. Ei se puhu mitään. Ei siitä saa mitään irti. Ei minulla ole aavistustakaan enää missä mennään. Laitoin Espanjan asunnonkin nettiin vuokrattavaksi. Ehkä saisin siitä vähän lisärahaa. Ei ole vielä napannut.

Veljen ilme suli, ja hän sai kyyneleitä silmäkulmaan.

– En arvannut, että sinulla on noin vaikeaa. Olisit puhunut minulle aikaisemmin. Ei tuollaista pidä yksin kestää.

– Syödään nyt munkkeja niin, että napa paukkuu, kevensi Reeta tunnelmaa naurusuin.

Erikoisjoukot olivat paikalla kahvilassa. Oli saatava yleiskuva tapahtumien kulusta. Pommi oli todennäköisesti ollut roska-korissa kahvilan sisäpuolella. Haavoittuneet olivat kahvilan asiakkaita. Kaksi heistä oli ulkomaalaisia ja kolmas suomalai-nen eläkeläinen. Sauli ja Marko Koistinen olivat päävastuussa tutkimuksista. He olivat tehneet työtä yhdessä jo monta vuotta. Marko seisoi lasinsirujen keskellä.

– Jos tämä on terrori teko, niin pian joku ilmoittautuu teki-jäksi. Tämä on tainnut osua vähän niin kuin omaan nilkkaan, sanoi Sauli. Saamarin ulkomaalaiset! Kohta varmaan suurin osa rikoksista on heidän tekemiään. Vankiloissa puhutaan pian sataa eri kieltä.

Markon silmät siristyivät.

– Miten niin, onpa taas yksinkertaista. Ota vähän selville faktoja. Eikö sinun pitäisi lukea vähän kirjallisuutta, kun et edes matkustele. Näkisit, miten kirjava maailma on. Tietäisit vähän, miten asiat todellisuudessa ovat, etkä aina päätyisi pelkkiin ennakkoluuloihin. Tuollainen kapeamielisyys ei ole terveellistä. Vaikka olenkin suomalainen, niin sanon silti, et-tei Suomi ole maailman napa ja muut maat pikku tähtiä sen ulkoavaruudessa. Ethän sinä voi vetää heti tuota asennetta. Suomalaisetkin ovat liipasinherkkää kansaa. Otetaan nyt en-sin selvää, mistä tässä on kysymys, ennen kuin spekuloidaan tekijästä. Meidän on saatava kameran ottamat nauhat, ennen kuin tiedämme mitään.

Saulin kaulalle nousi punaisia laikkuja.

– Jaksat sitten aina läksyttää. Olet aina väärällä puolella asiassa. Onhan se selvää, että suurmoskeijan rakentamisen jäl-keen väkivaltaa on enemmän Helsingin itäpuolella kuin ennen.

Monen vuoden jahkaamisen jälkeen varat ja tahto löytyivät moskeijaan. Pitkän taistelun jälkeen se sitten rakennettiin. Päätös jakoi kansan mielipiteet mustavalkoisesti kahteen osaan.

Pieni kovaäänisten joukko määräsi keskustelun kulun. Harmaa enemmistö vaikeni.

– Monikulttuurinen voittokulku jatkuu, ilkkui Sauli. Vastakkainasettelu on kuitenkin syventynyt. Sehän kaikkien on pakko tunnustaa. Suomalaiset muuttavat pois alueelta ja nyt kantasuomalaiset ovat vähemmistönä. Kouluissa ei kohta suomea kuulekaan. Mun kaveri Ressu on vihainen, kun sen yhdeksänvuotias poika kiroilee somaliksi, eikä osaa enää sanojen taivutuksia. Ei kohta suomalaislapsetkaan osaa suomea, vuodatti Sauli.

Keskustelu ulkomaalaistaustaisten lasten osuudesta koululuokissa oli ollut ajoittain kiivas. Lopulta päätettiin, että perheet saavat itse päättää, mihin kouluun heidän lapsensa menevät. Jos kouluissa olisi rajoitettu ulkomaalaistaustaisten lasten lukumäärää, olisi lasten pitänyt matkustaa pitkiä matkoja kouluun. Asuinpaikan valinta piti olla vapaa jokaiselle. Pikkuhiljaa itäpuolen koulut täyttyivät ulkomaalaistaustaisista lapsista. Varakkaat pistivät lapsensa kouluihin, joissa oppilailla on korkeat arvosanat. Eri kieliä puhuvat oppilaat tulevat usein vaikeista olosuhteista. Lapset ovat levottomia, ja heidän on alussa vaikea keskittyä koulutyöhön. Sota-alueella kasvaneet lapset eivät olleet tottuneet koulussa käymiseen. Vanhemmat kokeneet opettajat valikoituvat rauhallisimpiin kouluihin ja vastavalmistuneet jäävät usein kamppailemaan ongelmakouluihin.

– Onhan monia ongelmia, jotka kasaantuivat tietyille alueille, sehän on myönnettävä. Sosiaalinen ja taloudellinen asema ennustaa kuitenkin pärjäämistä paremmin kuin kulttuuritausta, myöntyi Marko.

Hän ei tarttunut Saulin heittämään syöttiin ja vaikeni tällä kertaa. Maailman tilanne vain oli nyt sellainen, että ihmiset elivät epätoivoisissa olosuhteissa. Kuka ei pakenisi sodasta lapsiensa kanssa. Uskomatonta empatian puutetta, kun koetaan kaikki ulkomaalaiset rikollisina tai terroristeina, vaikka sota ja sen mukanaan tuomat julmuudet ovat kaikkien nähtävissä.

Kuinka voi ummistaa silmänsä niiltä julmuuksilta, joita joka päivä raportoidaan. Raportti toisensa jälkeen kertoo ennennäkemättömästä laajasta väkivallasta siviilejä kohtaan. Lukuisissa maissa synnytään uskontoon, sitä ei voi valita. Päinvastoin uskonnosta luopumisesta on monissa maissa kuolemanrangaistus. Ateismikin on monissa maissa rangaistavaa. Siitä voidaan tuomita kuolemaan useassa maassa.

Kirkotkaan eivät tuomitse sotia, vaikka pommien aiheuttamaa joukkotuhoa seurataan päivittäin. Ihmisten murhaamisen estäminen pitäisi olla kaikkien kirkkojen ja valtioiden ensimmäinen prioriteetti. Minkälainen vaikutus sodilla on ilmastoon ja luontoonkin.

Elämän arvo on romahtanut kaikkialla, kun rikkaat länsimaatkin yksi toisensa jälkeen kieltäytyvät antamasta auttavaa kättä. Sauli ei ymmärtäisi tästä mitään ja on toivotonta yrittää muuttaa hänen asenteitaan. Marko tunnisti itsessään nousevan uhon, joka ei auttaisi mitään. Hän päätti keskittyä työhönsä ja säilyttää työrauhan.

Saulin propaganda pakotti miettimään omia asenteita. Kanssakulkemisen, ystävällisyyden ja ihmisten tasa-arvon ihanteet antoivat hänelle kuitenkin mahdollisuuden nousta, siitä elämän raadollisuudesta, jota hän näki joka päivä. Hän pitäisi viimeiseen asti kiinni uskosta hyvän voittoon pahasta.

Alue kahvilan ympärillä oli eristetty ja kauppakeskus oli kiinni. Tiedotustilaisuus pidettäisiin tunnin kuluttua. Jotain tietoa tapahtumasta oli saatava siihen mennessä. Sauli ja Marko saivat kuvanauhat ja alkoivat tutkia niitä. Kuvamateriaalia piti käydä läpi koko päivältä. Räjähdyspaikan lähistöllä oli ollut melko paljon väkeä koko ajan, mutta mitään epäilyttävää ei nauhoista löytynyt.

Tiedotustilaisuudessa puhui ylipoliisipäällikkö Lindroos. Hän vetosi kaikkiin, jotka olivat käyneet kauppakeskuksessa päivän aikana. Heitä kehotettiin ottamaan yhteyttä, jos he olivat huomanneet jotain poikkeavaa. Kaikkia päivän aikana kahvilassa asioineita pyydettiin ottamaan yhteyttä poliisiin.

Saulilla oli kahvitauko, ja hän otti esiin kännykän.

– Hei! Olen ajatellut sinua.

Tuija hämmentyi äänestä puhelimessa.

– Hei Sauli! En odottanut kuulevani sinusta, sopersi Tuija punastuen korvia myöten.

– Haluaisin tavata sinut, mutta minulla on nyt paljon töitä. Kävisikö lauantaina?

– Ei oikein. Olen menossa lasten kanssa Linnanmäelle. Olen puhunut heille siitä, joten en voi perua.

– Etkö halua seuraa? Onhan siellä vilinässä kaksi silmäparia parempi kuin yksi. Tulisin mielelläni mukaan.

– En oikein tiedä.

Hetken empien ja tunnontuskissa, Tuija suostui.

– Nähdään sitten puoliltapäivin. Tulen hakemaan teidät. Kiva tavata sinun lapsiakin.

Sauli palasi Markon luo, ja pitkät kuulustelut olivat edessä. Kaikkia kahvilan työntekijöitä piti kuulustella, ja sen lisäksi poliisi sai katkeamattomasti puheluita yleisöltä. Kaikkien vihjeiden läpikäyminen oli aikaa vievää puuhaa. He saivat lisäresursseja.

Lopulta oli jäljellä enää yksi haastateltava. Seppo oli jo hieman vanhempi mies, joka toimi esimiestehtävissä. Seppo kuvaili päivän kahvilassa olleen tavallisen ja rauhallisen.

– Tosin aamupäivällä oli ollut pieni välikohtaus. Hieman syrjäytyneen näköinen ja oloinen mies oli ostanut kahvia ja katkarapuleivän. Rahaa ei kuitenkaan löytynyt tarpeeksi, ja hän joutui palauttamaan leivän. Mies oli raivostunut ja alkoi sättiä työtekijää. Hän alkoi huudella asiakkaille, haukkui kaikki kahvilassa olijat, anteeksi vaan ilmaisu, hienoperseiksi ja snobeiksi. Kielenkäyttö yltyi turhan aggressiiviseksi. Jouduin kutsumaan vartijan, ja mies poistettiin kahvilasta. Tällaista sattuu aina silloin tällöin.

– Tämä on kyllä kokeneiden tyyppien tekosia, muuten olisimme jo löytäneet johtolankoja, päästeli Sauli.

Kahvilan teknisissä tutkimuksissa edistyttiin. Kotitekoinen pommi oli ollut laukussa, jonka palasia löydettiin. Laukun jättänyt henkilö oli istunut pöydässä lähellä uloskäyntiä. Pommi oli räjäytetty todennäköisesti kännykällä. Ehkä kännykkä voidaan jäljittää.

Lauantaiaamu oli parasta koko viikkona. Reeta oli luvannut viedä Julian ja hänen serkkunsa Iidan Linnanmäelle. Ville tuli Iidan kanssa ja lupautui kuskiksi. Iida ja Julia olivat hyviä ystäviä. Tytöt halusivat usein leikkiä yhdessä. Reeta oli kiitollinen veljelleen, joka huomioi heitä, vaikka hänellä oli tarpeeksi omassakin perheessä.

– Mitä olen tehnyt ansaitakseni tämän kurjan arjen ja näennäisavioliiton! Reeta ei jaksanut enää pitää kulissia yllä, vaan valitti Villelle elämänsä kurjuutta.

– Sauli tuli taas yömyöhällä kotiin, sanaakaan sanomatta. Hän ei välitä nähdä tyttöäkään enää. Aamulla Sauli oli lähtenyt jo ennen, kun heräsimme. Hän ei ole enää kuukausiin nukkunut samassa makuuhuoneessa. Ei tässä voi enää puhua avioliitosta.

– Eroa, vastasi Ville. Hanki oma asunto ja muuta pois. Sinulla on oikeus onnelliseen elämään. Voit tavata vielä jonkun mukavan kumppanin, jonka kanssa voit jakaa elämäsi. Jos jäät tähän et koskaan tapaa ketään muuta. Huonoihin tunnesolmuihin jääminen sairastuttaa. Nyt jo huomaan, että olet useimmiten turhautunut kaikkeen ja vihainen. Kohta saatat masentua. Niin se menee. Olen nähnyt sen kavereissa. Masentuneena ei sitten pysty tekemään enää yhtään mitään. Kuka sitten pitää huolta Juliasta?

– Ei minulla ole varaa erota. Vuokrat ovat ihan älyttömiä, ja minulla on niin pieni palkka. Sauli maksaa kuitenkin asuntolainan korot ja lyhennykset. Minulle jää nyt vähän rahaa Julian harrastuksiinkin. Yritän pitää huolta Juliasta ja elää omaa elämääni.

Ei minun pitäisi purkaa sinulle huoliani, muttei minulla ole muitakaan joille jutella.

Olimme niin rakastuneita nuorina. Minua ei olisi mikään pitänyt erossa Saulista. Nyt ollaan tässä pisteessä. En taida luottaa rakkauden lumoon enää toista kertaa.

– Menkää perheneuvotteluun. Monet ovat saaneet solmut auki siellä ja löytäneet takaisin toistensa luo. Täytyy Saulissakin olla jotain hyvää, kun sinä valitsit hänet. Oliko hän yhtä välinpitämätön ja kaukainen jo silloin? Monet näkevät ongelmiksi tulevia piirteitä jo suhteen alussa, mutta sulkevat silmänsä niiltä.

– Ei, hän oli niin intensiivinen ja hellä. Siihen rakastuinkin, keskipisteenä oloon. Naimisiinmenon jälkeen, hän muuttui melko nopeasti sulkeutuneeksi ja koki kaiken, mitä sanoin arvosteluksi. Tilanne huononi vielä ennestään Julian synnyttyä. Ikään kuin hän olisi ollut mustasukkainen siitä huomiosta, minkä annoin Julialle. Nyt en enää oikein tiedä, miten puhuisin hänen kanssaan, ettei tule riitaa. Julian ei tarvitse elää riitaisassa kodissa, niin kuin me jouduimme. Riidat rikkovat lapset, siksi olemme useimmiten puhumatta. Puhumme vain käytännön asioista, joita pitää hoitaa, nykyään emme tuskin niistäkään.

– Luuletko, sisko pieni, että tuo auttaa Juliaa jotenkin. Lapset ovat tarkkasilmäisiä ja tietävät asioista enemmän kuin luulemmekaan. Lapset aistivat kireän ilmapiirin ja sisäistävät sen. Kaikista viisainta sinun olisi kohdata asiat, eikä paeta. Me olemme aina Pian kanssa sinun tukenasi. Parasta lapsille on hyvinvoivat vanhemmat, jotka ovat onnellisia, yhdessä tai erillään. Etkö usko, että sinä olet ansainnut onnea? Onnellisuus on uskallusta, joka pitää omistaa. Ei se aina putoa niin kuin lottovoitto. Se on taisteltava itselle. Omat peikot on ajettava metsään, ja on uskallettava olla onnellinen. Mikä sinua pitää suhteessa, jossa olet onneton?

Reeta pysähtyi miettimään veljen sanoja.

– Toivo, että kaikki vielä muuttuisi ja elämä eheytyisi. Ymmärrän toki, ettei näin tapahdu. Hyppäys tuntemattomaan ja yksinäisyys kai pelottaa liikaa.

Tytöt tulivat leikkimästä ja lauloivat yhdessä kuorossa,

– Mennään jo, mennään jo!

Tunnelma keveni. Matkalla tunnelma oli jopa hilpeä, ja serkukset olivat innoissaan. Heidän ainoana huolenaan oli, haluaisivatko he hattarat ensin vai menisivätkö suoraan laitteisiin. Juttelu veljen kanssa oli helpottanut vähän, ja Reetallakin oli juhlatunnelma Linnanmäkeä lähestyttäessä.

Tuija katseli itseään peilistä ja huomasi poskien punaisuuden. Hän oli käynyt kampaajalla ja laittanut tummia raitoja vaaleaan tukkaansa. Kulmat ja ripset oli kestovärjätty. Hän oli meikannut varovasti. Epävarmuus oli kaikonnut hetkeksi, ja hän näki peilissä ihmeellisen luottavaisen Tuijan.

Enhän minä tiedä miehestä mitään. Koulusta en muista Saulista muuta kun, että hän oli pienikokoinen ja heiveröinen. Saulissa oli tapahtunut melkoinen muodonmuutos. Mies ei ole kertonut itsestään muuta kun, että hän on poliisi. No, eihän kuka tahansa pääse poliisiksi. Hehän ovat yhteiskunnan tukipilareita. Tuija päätti ottaa selvää tänään, kuka Sauli Hietanen oli.

Sauli tuli, ja Tuija näki ihastuksen ja hämmennyksen hänen katseessaan.

– Wau! Ollaanpa sitä hienona.

Tuija ei ollut huomaavinaankaan kohteliaisuutta ja kysyi, olisiko autossa tilaa rattaille.

– Ne pitäisi ottaa mukaan. Joona ei jaksa kävellä koko päivää. No niin! Tässä on Joona, ja tämä pikku neiti on Amanda.

Amanda meni äitinsä taakse piiloon.

Tyttö oli harvinaisen näköinen, suloisen näköinen pikkutyttö vaaleine hiuksineen ja tummine silmineen. Pojasta huomasi heti, että hänellä oli vierasmaalaista taustaa. Hiukset olivat tummat ja iho kauniin ruskea. Molemmat lapset olivat juhlavaatteissa.

Linnanmäellä oli jo paljon väkeä, ja laitteisiin oli pitkä jono.

– Mitäs haluatte tehdä, kysyi Sauli?

– Minä haluan karuselliin, hihkaisi Joona. Siellä on afrikkalainen norsu viidakossa. Viidakko on vaarallinen paikka, mutta minä uskallan ihan itse.

– Entäs sinä Amanda? Mitä sinä haluat tehdä?

Tuijaa ihmetytti Saulin tapa ottaa tilanne haltuun. Huomasi, että hän oli tottunut pitämään ohjakset käsissään. Miehen itsevarmuus kiehtoi, ja Tuija nautti tilanteesta.

– Haluaisin, äiti, mennä maailmanpyörään. Kaikki kaverit on ollut, mutten minä, aneli Amanda.

– Sinne ei pääse yksin, enkä ole varma oletko tarpeeksi pitkä.

– Kyllä sinne pienetkin pääsee. Tule äiti tule sinä mukaan.

– Voi ei, en voi minulle tulee huono olo tuollaisesta. Viimeksi jättivät meidät ylös pitkäksi aikaa ja minua alkoi huimata.

– Minä voin tulla mukaasi, sanoi Sauli. Sieltä on upeat näköalat ja voin näyttää sinulle missä asutte. Luulen, että teidän kotikin näkyy sieltä.

Amanda antoi luottavaisena käden Saulille, ja he lähtivät kävelemään kohti maailmanpyörää. Joona pääsi karuselliin, ja Tuija seisoi karusellinreunalla katsomassa ja vilkuttamassa. Poika nautti eri eläimillä ratsastamisesta, kerta toisensa jälkeen.

Kun Sauli ja Amanda tulivat takaisin, oli heillä kädessä hattaroita. Sauli oli ostanut tytölle vaaleanpunaisen hattaran.

– Äiti se oli hurjan jännää. Mutta en pelännyt yhtään. Sieltä näkyi melkein koko kaupunki. Ei näkynyt meidän talo, vaikka kuinka yritimme löytää.

Saulilla oli kaksi hattaraa vielä kädessä. Joona sai vihreän ja Tuija keltaisen.

– Tämähän on vain sokeria! En minä tällaista syö, vastusteli Tuija. En ole syönyt siitä, kun olin kymmenen vanha, hän nauroi.

– Helppoahan tämä syöminen on, sanoi Sauli. Annas, kun minä näytän.

Hän haukkasi ison palan Tuijan hattarasta. Sokeri levisi hänen kasvoilleen, ja kasvot muuttuivat ihan keltaisiksi. Lapset ja Tuija nauroivat katketakseen.

– Et voi vain seisoa täällä menemättä yhteenkään laitteeseen. Muuten pidämme sinua ilonpilaajana, vaati Sauli.

– Joo, äiti, sinunkin on tultava johonkin laitteeseen.

Väkijoukon riehakas tunnelma alkoi pikkuhiljaa tavoittaa Tuijankin.

– Voisimme mennä kaikki yhdessä vuoristorataan, kun Joonakin haluasi. Poika tarvitsee jotain, mitä voi sitten kehua kaverille. Lapset mahtuvat meidän väliin.

Pojan kasvot kirkastuivat innosta ja jännityksestä.

– Sen jälkeen vien teidät syömään. Suostu nyt, virnisti Sauli.

– Joo, äiti kiltti, suostu.

– Hyvä on, suostun.

Hilpeänä he astelivat lippuluukulle. Sauli sai hänet tuntemaan olonsa kummallisen turvalliseksi ja huolettomaksi. Niin turvalliseksi, että hän halusi heittäytyä hetken vietäväksi.

Reeta ja tytöt kiipesivät mäkeä ylös Linnanmäelle. Kaikki olivat hilpeällä tuulella. Maailmanpyörää piti kokeilla ensin. Tytöt saivat rannekkeet, joilla oli vapaa pääsy joka laitteeseen. Reeta odotteli useimmiten ulkopuolella, mutta vuoristorataan oli mentävä tyttöjen kanssa. Jono oli pitkä, mutta odotus olisi sen arvoista.

Vuoristorata oli pidetty saman näköisenä vuodesta toiseen. Se toi mieleen muistoja omasta lapsuudesta. Täällä oli oltu monesti, ensin vanhempien ja myöhemmin kaverien kanssa. Reeta oli mielellään mukana ja koki lapsuuden tunnelman uudelleen. Tytöt halusivat ensimmäiseen vaunuun. Se oli heidän mielestään kaikista jännittävintä. He päästivät muut ohi, koska halusivat päästä ensimmäisenä seuraavaan junaan.

Juna tuli ja oli täynnä iloitsevia ihmisiä, enimmäkseen lapsiperheitä ja nuoria. Joukko purkautui vaunuista hälinällä. Reetan katse osui Sauliin. Tuntui kuin aika olisi pysähtynyt, ja kaikki alkoi tapahtua hyvin hitaasti. Sauli auttoi pienen tytön ja pojan ulos vaunusta ja hymyili naiselle. Nainen hymyili takaisin. Pikkutyttö tarttui Saulin käteen. Tuskallinen olo levisi koko kehoon ja hengitys salpaantui. Tunsivatko he toisensa? Miksi Sauli oli Linnanmäellä vuoristoradassa heidän kanssaan?

– Äitiii… tule pian muuten emme saa ensimmäistä vaunua!

Julia veti Reetaa kädestä, ja hänen oli pakko seurata perässä. Reeta näki Saulin häviävän ihmismassaan, ja epäusko täytti hänen mielensä. Mies oli ehkä saman näköinen, mutta oliko hän Sauli?

– Äiti mikä sinulla on? Pelottaako sinua? Minä voin kyllä istua sinun vieressä, jos sinua pelottaa. Kyynelet alkoivat valua Reetan silmistä, ja Julia hätääntyi entisestään.

– Ei minua pelota, istu vain Iidan vieressä. Kaikki on ihan hyvin.

Reeta pakottautui hymyilemään. Miksi ihmeessä itkisin. Jos tämä on avioliiton loppu, niin se on vain kohdattava. En ole osannut tehdä päätöstä, ja nyt elämä päättää puolestani. Ahdistus leijui ympärillä, mutta ei saanut kunnon otetta Reetasta. Jossain sisimmässään Reeta tiesi, että eroaminen oli parasta, ja se pelastaisi hänet. Oli vain kohdattava oma yksinäisyys ja eheydyttävä.

Juna syöksyi alas raidetta, ja tytöt kiljuivat riemusta. Reetasta tuntui kummalliselta. Osa häntä oli läsnä vuoristoradan vauhdissa ja toinen puoli tarkkaili kauhun tunnetta, joka vaani kauempana.

Tuija oli laittanut väsyneet lapset nukkumaan. Sauli oli kieltäytynyt kahvista ja sanoi palailevansa vielä töihin. Tuija avasi tietokoneen ja googletti Saulin nimen. Facebook sivu ei tuottanut mitään tulosta, eikä muutenkaan miehestä ollut mainintoja netissä. Tuija mietti kaveruksia, Tapania ja Rasmusta ja Jaria, minkälaisia heistä on tullut? Olisi mukavaa saada lisää tietoa heistäkin, jos he kerran liikkuvat Saulin kanssa. Sama tulos toistui, ei mitään tietoja ulkopuolisille.

Jarin kohdalla oli kuitenkin Twitter tili, jota Tuija alkoi lukea. Jarin teksti oli selkäpiitä karmivaa vihapuhetta ulkomaalaisista, jotka kaikki olivat salaliitossa ja olivat aikeissa tuhota maan sisältä käsin. Kaikki ulkomaalaiset oli poistettava maasta. Hallitus ja kansanedustajat olivat maanpettureita presidenttiä myöten. Ulkomaalaiset olivat soluttautumassa poliittiseen elämään, ja pian he pystyisivät ottamaan maan haltuun demokraattisin keinoin. He liikkuvat valeprofiilein ja pitävät aseensa piilossa, kunnes ovat saaneet vallan. Jos hallitus ei osaa ratkaista ongelmaa, olisi kansalaisten tehtävä se itse.

Tuija luki lauseita uudelleen ja uudelleen. Vaarallisen tuntuista puhetta, ilman mitään todellisuuspohjaa! Tätä on jatkunut jo viikkoja, ja Jarilla on useita satoja seuraajia. Tuija mietti lapsiaan ja sitä, millaista heidän on kasvaa tässä maassa, kun useat ihmiset ajattelevat näin yksinkertaisesti. Vihataan ihmisiä, joita ei edes tunneta. Oletetaan heistä asioita, joita ei pahalla tahdollakaan saa osaksi heidän elämäänsä tai luonnettaan. Viha kertoo enemmän kirjoittajasta itsestään. Ikään kuin he eivät uskaltaisi kohdata itseään, vaan näkevät kuin peilin kautta pelkonsa ruumiillistuneena toisissa ihmisissä. Heidän sisimpänsä on kuin harson peitossa, siellä on jotain ahdistavaa, uhkaavaa. Omat pelot eivät poistu sillä, että heijastaa ne muihin ja tuhoaa toisten elämää. Hänen lastensa ulkonäkö erottaa heidät kantasuomalaisista, vaikka he eivät tunne muuta kulttuuria kuin tämän. Hänen on suojeltava lapsiaan.

Tuija löysi nettipoliisin sivun. Hän ilmoitti vihapuheesta ja jätti Jarin Twitter sivun tiedot sinne.

Tuija oli kuullut, ettei sivu ollut palvellut kunnolla. Hänen ystävänsä oli tehnyt ilmoituksen rikoksesta, eikä ollut koskaan saanut vastausta tai edes kohteliasta kiitosta yhteydenotosta. Hän toivoi, että epäkohtaan olisi tartuttu ja nettipoliisi olisi saanut lisää resursseja tärkeään työhön. Nythän suuri osa kanssakäymistä on netissä. Hän on nyt ainakin tehnyt oman osuutensa.

Miten ihmisestä tulee tuommoinen, joka näkee muut ihmiset vain yhden suodattimen läpi. Miksi suomalaiset ovat erilaisia yksilöitä, mutta kaikki Suomen ulkopuolella syntyneet samaa lajia ja vaarallisia. Tietenkin asioista on puhuttava, ei ongelmia saisi lakaista maton alle. Mutta keskustelun olisi oltava asiallista tietoon perustuvaa.

Itse hän on tuntenut läheltä lastensa isän ja on myönnettävä, että vaikka he ovatkin erossa, että mies oli empaattinen ja välitti kaikista lähimmäisistä. Se ehkä masensikin hänet, kun monista yrityksistä huolimatta hänet aina jätettiin ulkopuolelle.

Tietääköhän Sauli Jarin ajatuksista? Sauli ei ainakaan sanonut tai toiminut niin, että voisi ajatella hänen kuuluvan samaan joukkoon Jarin kanssa.

Tuija sulki koneen ja päätti olla ajattelematta maailman menoa. Pitäisi olla nappula, jota painamalla voisi lopettaa murehtimisen ja toinen, jota painamalla voisi erottaa kuvitelmat todellisuudesta. Hän jatkoi kotitöitään onnellinen hymy huulilla. Kaikesta huolimatta nyt on jotain jännittävää ja uutta elämässä.

Sanna on hoitamassa lapsia ensimmäistä kertaa. Rivitalossa on ahdasta, mutta viihtyisää. Hamidin perhe sekä Amir ja hänen vaimonsa Bibi asuvat samassa talossa. Leyla ja Bibi pitävät huolta taloudesta. He tekivät kaiken yhdessä. Ruoanlaitto on todellinen yhteistyön taidonnäyttö. Ruokalaji toisensa jälkeen valmistuu värikkäänä ja hyvältä tuoksuvana. Viimeisenä valmistetaan aina ihanaa leipää. Leivät ovat pyöreitä ja niiden päälle ripotellaan seesaminsiemeniä. Uunissa paistettuihin leipiin tulee ilmakuplia, jotka pistellään rikki. Valmiina ne ovat kullanruskeita, maailman parasta herkkua lämpiminä. Täällä voisi istua tuntitolkulla ja vain katsella.

Nyt naiset ovat lähdössä kaupungille, mutta he halusivat ensin tutustuttaa Sannan talon tavoille. Lapset leikkivät mieluiten ulkona. Takapiha on miltei aitaamaton, osassa pihaa on kuitenkin pensasaita, mikä rajoitti näkyvyyttä kadulta. Hiekkalaatikko on täynnä kaikenlaisia leluja. Suosikkilelut ovat astiat, joilla voi keitellä mielikuvitusruokaa. Siinä leikissä kaikki ovat mukana. Pihassa on myös keinu, jossa pikku Jesper halusi keinua koko ajan. Tuijan lapset Joona ja Amanda vaikuttavat hieman aroilta. Sanna toivoi sydämessään osaavansa rikkoa jään. Hänelle jätettiin puhelinnumero hätätapausten varalle.

Sanna oli innoissaan saadessaan olla osana tätä perhettä. Lasten kanssa leikkiminen ei tuntunut työltä. Sanna teki parhaansa, jotta lapset pitäisivät hänestä. Hän halusi olla sen luottamuksen arvoinen, joka hänelle oli annettu.

Iltapäivä kului leppoisasti, ja lapset tuntuivat ottavan Sannan huolenpidon iloisesti vastaan. Hiekkakakku toisensa jälkeen ilmaantui lautaselle, ja juhlapöytä oli katettu lasten riemuksi. Sanna nautti pikkukupeista erinomaista kahvia voikukkavoilla päällystettyjen haavanlehtileipien kera. Sannan kehut sai aurinkoiset hymyt lasten kasvoille. Kehuista innostuneet pikkukokit keksivät uusia leivonnaisia, ja luonto tarjosi mielikuvitukselle rajattomasti vaihtoehtoja.

Helena tiesi Sannan olevan lapsenvahtina ja toivoi tytön ehtivän käydä luonaan. Helenalla oli uutisia. Hän oli vastannut ilmoitukseen asunnosta Orihuelassa. Nyt hän vain vahvistaisi varauksen ja maksaisi käsirahan. Kaksi viikkoa ihanassa Espanjassa!

Hän pääsisi Playa Flamencan markkinoille. Siellä hän on käynyt monesti ennenkin. Myyntikojut pursuivat ihania hedelmiä ja vihanneksia, kaikki auringossa kypsyneitä. Samoja vihanneksia ja hedelmiä kuin täällä saa kaupasta talvisin, mutta ilman viikkojen matka-aikaa. Lähituotantoa, kun viljelijät useimmiten myyvät itse tuotteitaan. Valikoimassa oli kymmeniä erilaisia oliiveja, jotka on täytetty valkosipulilla, paprikalla, anjoviksilla ja monilla muilla täytteillä. Monen kokoisia ja makuisia tomaatteja on aina myös tarjolla. Helenan lempitomaatti oli "tomate con pan" leipätomaatti. Tomaatin saattoi halkaista ja sisältö hierottiin paahdettuun patonkiin. Käteen jäi vain kuoret. Monesti toimitus päätettiin hieromalla vielä valkosipulia leivän päälle. Useissa kahviloissa sai näitä paahdettuja patonkeja aamiaiseksi kahvin kanssa.

Markkinat olivat aina viikon kohokohta. Siellä saattoi löytää muodikkaita laukkuja, kenkiä sekä rantavaatteita pilkkahintaan. Helena täydensikin aina vaatevarastoaan mielellään uutuuksilla. Hän nautti jo mielessään ihanan espresson tuoksusta. Se leijui vahvana kahviloiden lähistöllä. Markkinoilla kävi väkeä eri maista, ja monia eri kieliä kuuli aina kävellessä. Matkalle lähtö alkoi jo paljon ennen matkaa. Hän nautti mielikuvista ja muistoista.

Helena seurasi ikkunasta naapuriston tapahtumia toivoen näkevänsä vilahduksen tyttärestään. Hän hätkähti huomatessaan pitkähkön miehen kulkevan tietä pitkin ja katsovan tarkkaan Hamidin ja Amirin taloa. Mies jatkoi matkaansa ja istuutui harmaaseen Volvoon, joka oli taas pysäköityneenä läheiselle kadulle. Helena oli nähnyt auton muutamia kertoja aikaisemminkin. Se herätti hänessä aina epämukavan tunteen, jota oli vaikea karistaa pois.

Puhelin soi ja hän riensi vastaamaan.

– Hei! Sain viestisi. Sinä olet vuokraamassa asuntoani Orihuelassa. Voitaisiinko tavata, jotta saisit avaimet ja voitaisiin keskustella lähemmin siitä, miten asiat toimivat siellä. Voisitko tulla käymään, niin keitän kahvit ja juteltaisiin? Asumme kaiketi molemmat Helsingissä?

– Milloin sinulle sopisi? Minulle sopisi parhaiten tänään.

– Ihanaa, voin kyllä tulla tänään!

Helena lähti kuitenkin hieman vastahakoisesti matkaan. Ehkä Sanna olisi tullut käymään. Pitihän heidän ehtiä tavata ennen matkalle lähtöä.

Osoite oli hieman vanhemmassa osassa Kontulaa ja Helena löysi talon helposti. Rappukäytävässä haisi tunkkaiselle, ja hän pidätteli henkeään. Asunto oli toisessa kerroksessa. Helena soitti ovikelloa. Oven avasi noin viisivuotias pikkutyttö. Tytön kirkas ääni kaikui rappukäytävässä.

– Äiti, täällä on se täti.

Tytön äiti tuli ovelle ja esitteli itsensä.

– Hei! Olen Reeta Hietanen. Tule sisälle. Olet siis ollut ennenkin Espanjassa?

– Olen lukuisia kertoja.

– Hienoa, sitten tiedätkin, miten käyttää kaasuhellaa ja varmaan ymmärrät sitten paikallisia oloja. Ei koskaan oikeastaan voi olla varma, että kaikki on sataprosenttisesti kunnossa. Ei pidä säikähtää, jos lattialla lojuu kuollut torakka, naurahti Reeta. Kun talo on tyhjillään voi kaikenlaista sattua. Kaapeissa on kuivamuonaa, päivämääristä en tiedä, mutta voit käyttää kaikkea, mitä löydät. Soittele milloin vain minulle, jos on ongelmia.

Helena koki heti luontevaksi rupatella Reetan kanssa, ja kahvit juotiin mukavassa tunnelmassa.

43

– Etkö aio itse viettää lomaa asunnossasi?

Reetan kasvoille tuli huolestunut ilme. Hän kertoi miehensä olevan poliisi.

– Viime aikoina on tapahtunut käänne vakavampaan suuntaan väkivaltarikosten puolella, joten perheen lomista ei ole vielä päätetty. Ehkä sitten loppukesästä tai syksystä voisi pitää lomaa. Merikin on niin lämmin vielä syyskuussa.

Helena näki naisen katseessa syvää surua, siitä kertoi kostuneet silmät, vaikka suu hymyilikin.

Reeta otti esiin vuokrasopimuksen, jonka Helena heti allekirjoitti. Miten vapauttavaa oli pitää avaimia kädessä! Hänen oli aika miettiä, mitä haluaisi loppuelämältään. Kaikki on pyörinyt lapsen ympärillä. Hän oli yrittänyt olla äiti ja isä Sannalle. Nyt hänen oli päästettävä irti. Ei ainoastaan Sannan vuoksi, vaan myös itsensä takia.

Helena maksoi koko vuokran samalla. Helena oli lähdössä, kun ovi avautui ja sisään astui mies. Helena hätkähti. Hän oli nähnyt miehen aiemminkin ikkunastaan. Mies tervehti nyökkäämällä päätään. Hän oli kumman ilmeetön, varmaan ammattitauti, mieshän oli poliisi. Reeta avasi ovea auki enemmän ja toivotti Helenalle hyvää lomaa.

Helenan sydän alkoi hakata tiheämmin, ja levottomuus iski koko kroppaan. Mitä varten Reetan mies päivysti Pajumäentiellä? Siitähän tässä on pakko olla kysymys. Tarkkailiko hän Fadin serkun taloa? Kun Helena mietti, niin hän ei ollut nähnyt autoa, ennen kuin Hamidin ja Amirin perheet muuttivat Pajumäentielle. Helena ei voinut olla ajattelematta pommiräjähdyksiä. Oliko näillä tapahtumilla yhteys? Oliko hänen tyttärensä vaarassa.

Tähän sitä on tultu, ajatteli Helena. Joka paikasta tulee tuutin täydeltä maahanmuuttajista negatiivista kuvaa. Lentokoneessakin monet tarkkailevat jokaista ulkomaalaista ja vaistomaisesti mittailee heitä. Jos miehellä on parta ja perinteiset vaatteet, niin ei saa kunnolla rentouduttua lennolla. Pieni epäilyksen häivä jää. Naisiakin on alkanut epäillä. Eräs hänen ystävänsä oli pahoitellut, kun ei pysty erottamaan intialaisia naisia pakistanilaisista, jos he käyttävät perinteisiä vaatteita. Salwariahan käytetään myös Intiassa. Jos taas ulkomaalaisella on lävistyksiä, tatuointeja tai moderneja nuorison käyttämiä vaatteita niin vihreä lamppu syttyy. Pienikin vinkki ja ennakkoluulot täyttävät pään. Ajatuksia tulee ja menee, ne mitkä saavat jäädä pysyvästi on jokaisen oma päätös.

Hän yritti taistella tietoisesti tällaisia asenteita vastaan. Maahanmuuttajat ovat ihan samanlaisia ihmisiä kuin me. Ei ole kahta samanlaista maahanmuuttajaa. Sana maahanmuuttajakin on niin kummallinen. Kuinka joku voisi kotoutua tultuaan sodasta ja vainosta tai muuten vaikeista oloista, kun kutsutaan aina samalla nimellä. Eihän kukaan muuta koko ajan maahan. Kai sitä joskus on valmiiksi muuttanut.

Reeta oli helpottunut, kun oli saanut vuokrattua asunnon. Hän katui kuitenkin antamaansa väärää kuvaa avioliitostaan. Hän eli kuplassa, joka oli räjähtämässä rikki. Se oli kuitenkin suojannut hetken kylmältä todellisuudelta. Reeta ei ollut nähnyt Saulia kuin vilaukselta Linnanmäen jälkeen. Nyt mies oli kuitenkin kotona, mutta vaihtamassa luultavasti vain puhtaita vaatteita päälle. Miehen olemuksessa ei näkynyt muutosta. Mikään ei vaikuttanut muuttuneen. Hän tuli ja meni ilmoittamatta Reetalle niin kuin ennenkin. Reeta ei ollut pystynyt sanomaan, että oli nähnyt hänet vieraan naisen kanssa. Nyt ei enää pysty olemaan vaiti. Samalla hän tiesi, että jos puhuisi, ei paluuta entiseen ole.

Reeta aloitti rauhallisella äänellä ja tiesi kaivavansa kuoppaa, johon Sauli putoaisi.

– Oliko sinulla eilen töitä myöhään, kun et tullut kotiin illallakaan?

Sauli katsoi Reetaa hämmästyneen näköisenä. Reeta oli tavallisesti aina kerjäämässä, sopeutumassa ja sovinnollinen, mutta nyt äänessä oli jotain kylmää ja päättäväistä.

– Joo, meillä on paljon töitä pommitutkimusten johdosta, mutta tiedät, etten voi puhua työasioista.

– Valehtelet, sinkosi Reeta suustaan, näin sinut Linnanmäellä. Omaa lastasi et vie minnekään nykyään, mutta toisten lapsia hyysäät. Nyt tästä on tultava loppu. Muuta ulos täältä, en halua enää koskaan nähdä sinua.

Reeta tärisi raivosta. Koskaan aikaisemmin hän ei ollut tuntenut niin intensiivistä vihaa. Se oli tuskallisen suloinen tunne, joka vaati ulospääsyä. Se syöksyi kuumana koko kehoon. Vuosien pato oli murtunut. Reetalla ei ollut enää mitään keinoa pysähdyttää tunnetta.

– Ulos, ulos täältä ja heti, Reeta huusi!

Sauli valahti valkoiseksi. Hän otti takin naulakosta ja lähti sanaa sanomatta.

Reeta tärisi ja alkoi itkeä. Aina sama tunne pienestä pitäen... Aina muut ennen ja minä viimeisenä... Minun tunteeni eivät merkitse mitään. Pienenä kuuntelin isän ja äidin riitaa ja tuskaa, kun molemmat halusivat jotain toiselta, mitä ei saanut. Nyt itse olen ollut samassa tilanteessa vuosia.

Pikkuhiljaa hän rauhoittui ja tunsi olon olevan kevyempi. Kyyneleet olivat karkottaneet osan surusta, jota hän oli tuntenut vuosia.

Reeta ihmetteli sitä energiaa, joka alkoi täyttää hänen sisimpäänsä. Uutta energiaa, joka tuntui voimalliselta. Nyt oli toimittava, pystyn mihin tahansa. Ensimmäistä kertaa pitkään aikaan hän tunsi omistavansa oman elämänsä. Hän oli aina kokenut, ettei riittänyt, ettei ollut tarpeeksi. Kaikki jäi vajaaksi. Puutui se pieni askel, joka ratkaisi jäisikö sivustaseuraajaksi omassa elämässään vai omistaisiko sen. Kaikki oli ollut niin lähellä, mutta silti tavoittamattomissa.

Saulin välinpitämättömyys oli lisännyt hyljätyksi tulemisen tunteita. Mutta nyt hän näki kirkkaasti kasvoista kasvoihin totuuden. Tuntui kuin harso olisi vedetty pois silmiltä. Sauli kohteli häntä niin kuin hän itse salli. Minä olen opettanut Saulillekin, ettei minun tunteillani ole väliä. Mutta nyt oli asetelma kääntynyt. Sauli ei ollut tarpeeksi hyvä, koska ei pystynyt antamaan itsestään mitään perheelleen. En halua jakaa enää asuntoa ihmisen kanssa, joka ei tue ja rakasta minua. Hän oli etsinyt hyväksyntää ja rakkautta ihmiseltä, joka ei ehkä koskaan pysty antamaan sitä kenellekään. Ihmiseltä, jonka kaikki teot ja ajatukset käsittelevät aina vain häntä itseään.

Helena oli hyvällä tuulella, avaimet taskussa ja matkalaukku pakattu. Lento olisi illalla. Hän yritti olla ajattelematta Reetan miehen tapaamista. Oli työnnettävä epäilykset pois ja keskittävä asioihin, joihin voisi vaikuttaa.

Sanna oli lapsenvahtina, eikä Helena halunnut matkustaa lentokentälle yksin Fadin kanssa. Ei mies kyllä ollut soitellutkaan matkan johdosta. Heillä ei ole ollut yhteisiä jutteluhetkiä aiemminkaan.

Helena soitti Sannalle. Hän tiesi, että muuten odottelisi koko ajan. Sanna vastasi iloisena puhelimeen.

– Lähden sitten illalla. Ei varmaankaan ehdi tavata enää, mutta soittelen sinulle, kun olen perillä. Loukkaantuukohan Fadi, kun en ole soittanut kyydistä, mutta en halua vaivata. Pääsen hyvin yksinkin. Muuten miten Fadin serkut ovat kotiutuneet uuteen kotiin? Onko siellä kaikki hyvin?

– Ei varmaan loukkaannu, nauroi Sanna. Ei se aina tarkoita, että lupaus pidetään. Taisi olla vain kohtelias. Tätä en aina ymmärrä. Meille on niin tärkeää pitää mitä lupaa, mutta niin ei ole kaikkialla. Taitaa olla vain helppo keino päästä tilanteesta kunnialla.

Joo en ehdi millään. Täällä menee aika myöhään. Ihan hyvin täällä tuntuu menevän. Semmoista lupsakkaa perhe-elämää kai? Mutta muista soittaa, kun pääset perille, hyvää matkaa. Pärjäätkö varmasti?

– Kyllä pärjään, vastasi Helena reippaalla äänellä.

Sannan viihtyi lasten kanssa. Ulkona oli ihana ilma, ja pihaleikit sujuivat sovussa. Onnellisena hän mietti, että muutaman vuoden kuluttua ehkä hänen omat lapsensakin voisivat leikkiä täällä yhdessä serkkujen kanssa. Hän ei tuntenut omaa isäänsä, mutta hänen äitinsä oli luonut turvallisen ja ihanan kodin hänelle. Sanna iloitsi siitä, että oli saanut myös muita turvallisia ihmissuhteita, ei olisi aina niin riippuvainen äidistä. Isän katoaminen lapsuudessa oli jättänyt mustelman jonnekin, ja aika ajoin se muistutti olemassaolostaan. Syvällä jossain oli aavistus unelmien hauraudesta.

Jesper halusi vessaan ja Sanna otti pojan mukaan sisälle. Ensin hän tarkisti, että Joona ja Amanda leikkivät turvallisesti. Jesper oli reipas miehenalku, joka halusi tehdä kaiken itse.

Ulkoa alkoi kuulua itkua. Sanna ryntäsi katsomaan, mitä on tapahtunut. Joona itki eikä Amandaa ei näkynyt missään.

– Mikä on Joona? Missä Amanda on?

Sanna huusi Amandaa, muttei saanut vastausta. Hän juoksi tielle katsomaan, mutta ei nähnyt tyttöä. Sanna tutki kaikki huoneet. Tyttöä ei löytynyt mistään. Joona ei sanonut mitään, jatkoi vain itkemistä. Sanna otti pojan syliin ja lohdutti. Hän yritti rauhoittaa poikaa, jotta tämä pystyisi puhumaan, mutta poika oli vaiti. Mielessä kiisi paniikinomaiset ahdistavat ajatukset, hätä jostain kauheasta valtasi ja syyllisyys lamaannutti. Amanda oli löydyttävä. Miksi Amanda, joka oli niin arka, olisi lähtenyt yksin seikkailemaan naapuristoon? Joona ei osannut kertoa, mitä oli tapahtunut. Hän oli vaiti ja alkoi itkeä, kun häneltä yritti saada selvyyttä tapahtumiin.

Lopulta Sanna soitti Leylalle ja kertoi itkien asiasta. Leyla kehotti pitämään huolta lapsista. Hän lupasi hypätä taksiin ja tulla nopeasti kotiin.

Taksin saaminen oli helppoa keskellä päivää, ja pian Leyla oli kotona. Sanna oli yrittänyt tavoittaa Tuijankin, mutta tämä ei ollut vastannut puhelimeen, eikä viestiin.

Leyla mietti hetken ja lähti sitten haravoimaan lähiteitä. Leyla kyseli turhaan vastaan tulijoiltakin. Kukaan ei ollut nähnyt tyttöä. Hän palasi takaisin kotiin. Tuijakin oli tullut paikalle ja itki hysteerisesti.

– Meidän kotimaassa vahditaan tyttöjä tiukasti, koska pelko väkivallasta on aina olemassa. Usein kotiin jätetään ainakin yksi mies turvaksi. Täällä emme ei ollut kokenut tarvetta suojella lapsia samalla tavalla, kun harvoin kuulee tai lukee rikoksista. Ei sellaisesta voi olla nyt kyse, asumme Suomessa.

Nyt otetaan rauhallisesti asia ja mietitään, mitä meidän pitäisi tehdä. Mennään vielä yhdessä haravoimaan lähiseutua. Jää sinä Tuija lasten kanssa. Koita saada Joona kertomaan, mitä tapahtui ja minne Amanda meni. Kysy oliko Amanda sanonut jotain, mikä voi johtaa meidät hänen jäljilleen.

Etsinnät eivät kuitenkaan tuottaneet tulosta, ja he päättivät soittaa poliisille.

Jari avasi Twitterinsä ja hymyili tyytyväisenä. Taas viisikymmentä seuraajaa lisää. Hän tunsi, kuinka kiihtymys nousi kehossa, ja posket alkoivat kuumottaa. Erinomaista, vihdoinkin olen löytänyt paikan, jossa minua osataan arvostaa. Hän tunsi itsensä tärkeäksi vaikuttajaksi. Hän oli kirjoitellut jopa muutamille kuuluisille poliitikoille, ja jotkut olivat vastanneetkin. Pirun pikkusielut ja ulkomaalaisten hyysääjät häviävät tämän taiston. Kunnon suomalaiset arvot ja suomimiehet kunniaan! Vaikeuksien läpi minäkin olen päässyt näin pitkälle. Lapsuus oli ollut turhauduttavan köyhää. Jo varhain Jari päätti, ettei rupeaisi mitättömäksi duunariksi. Hän ei puurtaisi koko elämänsä, eikä saisi mitään merkittävää aikaan, niin kuin hänen isänsä oli tehnyt. Tehdastyöläinen, jonka elämänilon tehdas imi jo varhain. Raskas työ oli saanut isän vaikenemaan ja väsymään ennen aikojaan. Ei ikinä. Oli hän ollut hetken töissä tehtaassa, mutta koki sen arvottomana ja tarkoituksettomana. Isä oli järjestänyt hänelle paikan. Isä oli pettynyt, kun hän jätti työn muutaman viikon kokeilun jälkeen. Se näkyi hänen olemuksestaan, vaikka hän ei ollut mitään ääneen sanonutkaan.

Kai isä kuitenkin heti oivalsi, ettei hänen paikkansa ollut tehtaassa. Hän oli aina tiennyt olevansa erikoislahjakkuus, muttei ollut oikein varma, minkä suunnan valitsisi. Olihan hän hyvä monissa asioissa.

Jari oli tehnyt suunnitelman jo varhain. Oli päästävä tasapaksusta joukosta eroon. Hänen lahjakkuutensa oli sen arvoista. Voisi vähän kärsiäkin sen eteen, että saisi vapauden säännöistä ja orjuudesta. Hän oli aina tuntenut olevansa erilainen.

Jari oli käynyt tiheään lääkärissä valittaen unettomuutta ja ahdistusta. Se oli tuottanut tulosta. Hän oli sairaseläkkeellä. Se oli tullut kuin lottovoitto. Omalääkäri oli säälivä, myötätuntoinen ja osaaottava. Hän oli tyytyväinen, kun sai naislääkärin. Naiset ymmärsivät helpommin ja olivat luottavaisempia. Jari oli mestari tunteiden ilmaisussa. Sen hän oli oppinut äidiltään. Olihan asiassa perääkin. Ahdistus ja tunneherkkyys olivat vaivanneet ainakin silloin, kun häntä oli arvostettu liian vähän. Äiti oli kuitenkin ollut ylin ihailija ja ymmärtänyt hänen erityislahjakkuutensa.

Jari jatkoi twiittaamista.

"Suomalaisille ensin asunnot. Asukoot pakolaiset talven, vaikka lumilinnoissa".

Saamarin loiset istuvat päivät pullakahveilla kahviloissa suunnittelemassa maan valtausta sossun rahoilla. Onneksi on paljon väkeä, jotka ymmärtävät, mihin tämä yhteiskunta on menossa. Oikeilla kontakteilla voimme estää maamme miehityksen. Jarin twiitti sai uskomattoman laajaa kannatusta. Leveä hymy ilmestyi hänen kasvoilleen. Miten lähipiirissäkin voi olla niin yksinkertaisia ihmisiä kuin tuo Tuijakin. Tietäähän sen, etteivät sellaiset suhteet kestä ja ties mikä senkin mies oli, kun hävisi yhtäkkiä.

Samassa Jari sai viestin, joka katkaisi hänen mietiskelynsä.

"Asia hoidossa, vastarinta alkanut, seuratkaa perässä... muutamia saatava ainakin pois pelistä... työ ei lopu isänmaan puolustuksesta... maahantunkeutujat lyötävä takaisin". Jari jäi jännittyneenä seuraamaan syntynyttä keskustelua. Hän oli tapahtumien keskustassa.

Poliisiauto ajoi Hamidin ja Leylan pihaan, ja kaksi poliisia astui ulos autosta. Naapuritaloissa seurattiin tapahtumien kulkua tiiviisti. Muutama ihminen oli uskaltautunut uloskin ihmettelemään. Ei tiedetty, mitä pitäisi uskoa. Huhut alkoivat kiertää. Poliisit kirjasivat tapahtumien kulun. Sannan oli vaikea puhua, ja hän tärisi ahdistuneena. Amir haki lämpimän viltin ja laittoi sen Sannan ympärille.

– Yleensä katoamisiin liittyy luonnollinen selitys, löydämme kyllä Amandan. Hän on varmaan lähtenyt leikkimään naapuristoon. Annamme tuntomerkit kaikille autoille ja etsimme lähiympäristön. Onneksi on jo lämmintä. Talvella lasten katoamiset ovat vaarallisempia, kun ruumiinlämpö laskee niin nopeasti.

Tuija oli saanut Jesperin avautumaan ja kertomaan, mitä pihalla tapahtui. Poika kertoi, jonkun huutaneen Amandaa aidan takana, ja Amanda oli juossut sinne. Poika ei ollut keinusta nähnyt huutajaa. Amanda oli luvannut antaa vauhtia keinussa, mutta olikin hävinnyt jonnekin.

Poliisi kyseli Tuijalta olisiko mahdollista, että Amandan isä olisi katoamisen takana.

Tuijan ajatukset kulkivat hitaasti, kaikki tuntui kaukaiselta, epätodelliselta. Elämä liukui hitaasti poispäin, eikä siitä saanut kiinni. Hamid tuli Tuijan tueksi ja sanoi soittavansa veljelleen. Hetken päästä miesten äiti vastasikin puhelimeen.

– Onko Samir kotona? Saanko hänet heti puhelimeen?

– Odota, haen hänet, vastasi äiti. Onko jokin hätä, kuulostat huolestuneelta.

Hamid ei ehtinyt vastata. Samir tuli saman tien puhelimeen.

– Amanda on kadonnut. Poliisit haluavat vain tarkistaa, ettet sinä ole hakenut häntä.

Mies alkoi kauhistuneena itkeä.

– Tulen sinne niin pian kuin mahdollista. Se on minun vikani, kun en ole ollut pitämässä perheestäni huolta. Pidä minut ajan tasalla. Hamid antoi puhelimen poliisille, ja he selvittivät tilanteen puhelimessa.

Lisää poliisiautoja alkoi saapua pihalle, ja osa poliiseista alkoi soitella naapuriston ovikelloja. Toinen osa etsi Amandaa lähistöstä maastosta. Koirakin oli haettu apuun, mutta se ei päässyt Amandan jäljille. Jäljet katosivat heti alkuunsa. Amandan kuva lähetettiin kaikille partioille.

Seutulan lentokenttä oli täynnä matkustajia laukkuineen. Turvatarkastukseen oli pitkä jono. Passia ei tarvinnut näyttää, vain liput skannattiin. Laukut oli laitettava nauhalle. Miestä kehotettiin riisumaan myös kengät ja tytön takki. Kaikki sujui hyvin. Turvatarkastuksen jälkeen mies ja tyttö kävelivät käsi kädessä karkkihyllyille, ja tyttö sai valita palkintokarkit ihan itse. Suuri pussi nallekarkkeja kädessä jatkettiin matkaa.

Lähtöselvitys alkoi, ja miehellä oli passit ja liput kädessä. Naisvirkailija hymyili tytölle.

Ulkona oli alkanut sataa. Koneeseen mentiin bussilla. Se täyttyi nopeasti ja matka jatkui. Bussi ajoi lentokoneen etupuolelle, ja matkustajat odottivat ovien aukaisemista.

Paikalle ilmestyi kolme paloautoa ja odottaminen jatkui. Miehen ajatukset laukkasivat. Onko lentokoneessa tulipalon vaara vai onko kyseessä jokin muu asia. Bussin kuljettaja meni ulos kysymään asiaa.

– Bussin pitää palata takaisin terminaaliin. Koneessa on tekninen vika. Valitettavasti kaikki joutuvat takaisin odottamaan. Koneen tarkastus ja vian korjaaminen vie noin tunnin. Pahoittelemme viivästymistä.

Matkustajat palasivat takaisin kentälle, ja uusi lähtöselvitys olisi edessä.

Mies oli ärsyyntynyt ja hermostunut. Miksi saatanassa, mikään ei suju niin kuin pitäisi! Hänen kykynsä kestää vastoinkäymisiä oli sietokyvyn rajoilla. Tyttö alkoi itkeä ja mies johdatteli tytön huomion lelukauppaan.

– Mennään katsomaan, mitä täältä löytyisi.

Kauppa oli täynnä matkamuistoja ja brändättyjä leluja. Tyttö ihastui heti telineessä roikkuviin pehmolelu apinoihin ja valitsi niistä yhden. Samalla kuulutettiin lähtöselvitykseen. Sehän kävi nopeasti.

Tyttö laittoi apinan roikkumaan kaulaansa ja kuiskutteli sille. Lähtöselvityksen virkailija hymyili jälleen tytölle ja toivotti hyvää matkaa.

Helena lähti bussilla Malmin lentokentälle. Ryanair oli alkanut lentää sieltä Murciaan muutamaa kuukautta aikaisemmin, niin kuin monet muutkin halpalento yhtiöt. Helenaa hävetti hieman lentää Ryanairilla. Yhtiö kuulemma kohteli edelleen työntekijöitä huonosti, mutta liput olivat puoleen hintaan. Pienituloisella ei ole aina varaa valita, jos haluaa jotain ylimääräistä. Lähtöselvitys sujui nopeasti. Takana olivat ne ajat, jolloin tiukkailmeiset virkailijat syynäsivät tarkasti laukkujen lukumäärän ja koot. Kilpailu on kovaa, ja asiakkaat taisivat kaikota kovaa kohteluaan. Mitä kaikkea sitä ottaakaan vastaan, jos säästää satasen! Ei tässä ollut muutenkaan tottunut kulkemaan etuoikeutettujen joukossa. Se ei pahemmin haitannut Helenaa, koska hän oli päättänyt, että oli arvokas huolimatta siitä, mitä omisti tai miten paljon laittoi rahaa ostoksiin. Hän oli jo kauan sitten huomannut olevansa onnellisempi pienistä asioista.

Matkustajat näyttivät olevan iloisella tuulella. Paikalla oli selvästikin joitakin työmatkalaisia ja loput iloisia lomailijoita. Helenan silmät osuivat harmaatukkaiseen mieheen, joka oli pukeutunut rennosti ja mukavan näköisesti. Miehessä oli jotain, mikä sai Helenan mielenkiinnon syttymään, liian hyvännäköinen vanhempi mies. Hän varmaan on niitä, jotka seurustelevat nuorten kauniiden naisten kanssa. Helenaa hymyilyttivät omat ajatukset. Enhän tässä mitään lomaromanssia kaipaa, vaan rauhallista yksinoloa.

Sannan muutettua kotoa Helena kamppaili yksinolemisen kanssa. Elämän tarkoitus tuntui häviävän ovesta tyttären mukana. Pään sisässä hän tiesi, että jokainen ihminen on arvo sinällään, mutta tunteet olivat ja elivät omaa elämäänsä. Oli ajoittain vaikeaa tuntea kovaa maata jalkojen alla. Helena oli päättänyt kohdata omat tunteensa ja koittaa päästä sinuksi itsensä kanssa. Suurimmaksi osaksi hän siinä onnistuikin, mutta välillä paniikki hiipi ympärillä. Silloin oli vaikea hengittää ja sydän hakkasi. Hän halusi viihtyä omassa seurassaan. Lähtöselvityksen jälkeen matkustajat ryntäsivät koneeseen. Nythän on halpalennoissakin valmiina paikkanumerot eli kaikki saavat paikkansa. Haluammeko kilpailla ja olla aina ensimmäisiä. Pelkäämmekö aina jäävämme ilman, jos emme taistele osastamme.

Harmaatukkainen herra istuutui toiselle puolelle käytävää, ja Helenaa harmitti vähän se, että hän pystyi seuraamaan miestä. Mutta miehessä oli kuitenkin jotain erikoista, tuttua.

Puhelin oli muistettava pistää kiinni. Viimeinen viesti Sannalta on luettava vielä kerran. Hyvän matkan toivotukset lämmittivät mieltä.

Toivottavasti lento on ajallaan. On ehdittävä Punta Priimaan menevään bussiin. Nyt hän tunsi elävänsä. Joka hetki oli ainutlaatuinen, ei vain arjen rutiinia samassa ympäristössä. Matka kestäisi kolme ja puoli tuntia. Helena nojasi taaksepäin tuolissa ja rentoutui. Silmäkulmassaan hän näki, että harmaatukkainen mies katsoi häneen päin. Hän varoi katsomasta takaisin. Hän ei halunnut kohdata miehen intensiivistä katsetta.

Pommiryhmä oli poistanut esteet kahvilan ympäriltä aamupäivällä. Kahvila oli taas avattu. Pikkuhiljaa se alkoi täyttyä asiakkaista. Suurin osa oli ulkomaalaisia miehiä, joiden kohtauspaikka se oli ollut. Puheenaiheena on pommi isku. Miehet keskustelivat hiljaiseen ääneen ikään kuin varovasti toivoen, ettei heitä huomioida liikaa.

Jos pommittaja oli ulkomaalainen turvapaikanhakija, on vaikeaa taas kohdata kantaväestön syyttävät katseet. Ihmisten silmissä voi aistia pelkoa ja epävarmuutta. Kaikki olivat syyllisiä, vaikka olisi adaptoitu tänne vauvana ilman omaa valintaa.

Tunne oli miltei käsin kosketeltavissa. Monet piiloutuivat samankaltaisten ulkomaalaistaustaisten ihmisten joukkoon, silloin ei erottunut yksilönä. Kantaväestön kielteisiin asenteisiin oli helpompi suhtautua, kun on joukossa yhdessä muiden kanssa. Syyllisyys omasta identiteetistä jaettuna on helpompi kantaa.

Iltalehden otsikko huusi: Pommin laukaissut kännykkä löytynyt. Poliisi on pommittajan jäljillä.

Citymarketin roskiksesta oli löytynyt kännykkä. Tekniikkaryhmä on kutsuttu kokoon. Kaikkien tutkimuksissa mukana olevien poliisien oli tultava paikalle. Tilanne oli vakava, eikä sen laajuutta vielä tiedetty. Kuinka monta oli ollut osallisena? Tapahtuisiko vastaavaa muualla? Oliko tämä vain alkua pommisarjalle? Poliisien läsnäoloa olikin lisätty ostoskeskuksissa ja toreilla ympäri maata.

Moni olikin jo paikalla. Marko etsi katseellaan Saulia, muttei löytänyt. Samperin Sauli, se on taas työajalla tapaamassa jotain naista. Sauli piti itsestään selvänä, että Marko suojaisi aina hänen selustansa. Sauli oli joskus jopa pyytänyt Markoa valehtelemaan, jos Reeta sattuisi kyselemään perään. Nyt Markoa harmitti syvästi, että oli antanut miehen käyttää itseään hyväkseen.

Hän ei koskaan ole ymmärtänyt Saulin välinpitämättömyyttä vaimoaan kohtaan. Itse hän pitäisi lottovoittona sellaista vaimoa kuin Reeta. Reeta oli lämmin ja pehmeä nainen, joka tukisi miestään, jos hän vain sen sallisi. Marko ajatteli Reetaa luvattoman usein ja halusi mielikuvissaan lohduttaa tätä. Saulin vaimo ei voinut saada rakkautta mieheltään, siitä hän oli varma. Mies oli aivan liian täynnä itseään. Ei siinä kuunneltu toista, eikä oltu läsnä vierellä. Hän itse sen sijaan olisi arvostanut Reetaa ja haluaisi kiertää kätensä naisen ympärille ja sanoa, että huono avioliittosi on ohi. Minä pidän sinusta huolta. Ei sillä, että Reeta olisi avuton. Kun on elänyt Saulin kanssa, on saanut pärjätä omillaan. Sauli vain ottaa, mitä haluaa seurauksista piittaamatta. Ihme kun ei ole jäänyt kiinni pettämisestä. Kyllähän Reetan täytyy aavistaa, etteivät asiat ole niin kuin pitäisi.

Tiedotustilaisuus alkoi ja todettiin, että kännykkää oli käytetty laukaisemaan pommi. Tutkijat olivat onnistuneet jäljittämään yhden viestin, mutta eivät pystyneet selvittämään kännykän omistajaa, koska viesti oli lähetetty prepaid kortilla. Se oli lähetetty Rasmus Saarelle. Häntä ollaan hakemassa kuulusteluun.

– Eli tutkimukset edistyvät, ja voimme sanoa lisää tilanteesta aamukokouksessa. Jatketaan samaan tapaan.

Saulia ei vieläkään näy. Marko soitti Saulin numeroon, joka ei vastannut. Hetken mielijohteesta Marko etsi Reetan numeron ja soitti hänelle.

– Hei täällä Marko, onko Sauli kotona? Meillä oli täällä kokous, hän ei tullut paikalle, eikä vastaa puhelimeen. Tietäisitkö missä hän on?

Reetan ääni oli hämmästynyt.

– Eikös Sauli hoida työnsä turhankin tarkasti? Ei se ainakaan kotona ole. Rehellisesti sanottuna ei aavistustakaan. Meille tuli riita eilen, ja Sauli lähti. En ole kuullut hänestä sen jälkeen. Valitettavasti en voi auttaa.

Reetan ääni kuulosti itkuiselta, ja Marko kysyi, voisiko olla jotenkin avuksi.

– No, kyllähän tässä on pärjättävä Juliankin takia.

Marko kuuli Julian iloisen äänen taustalla.

– Jos tarvitsette jotain, niin voit aina soittaa minulle. Autan enemmän kuin mielelläni.

– Kyllä Sauli aina takaisin tulee, riippuu nyt siitä, haluanko enää, sanoi Reeta.

– Jos kaipaat juttuseuraa, niin soittele.

Markon posket punoittivat, ja hän tiesi, että oli sanonut liikaa. Nyt tätä ei saisi enää takaisin, eikä hän haluaisikaan.

– Kiitos vain, vastasi Reeta, ja sitten tuli pitkä hiljaisuus. Palataan asiaan Marko. Voihan olla, että tarvitsemmekin joskus miehistä tukea, nauroi Reeta.

Markon teki mieli tehdä kuperkeikka, juosta lujaa ja huutaa. Hänellä oli niin kevyt olo, että hän unohti päivän rankat tapahtumat. Vihdoinkin hän sai sanotuksi, mitä hänen sydämellään oli ollut vuosien ajan. Samalla se tuntui väärältä. Sauli oli hänen työparinsa, vaikka eivät he kavereita olleetkaan. He ajattelivat eri tavalla lähes kaikesta. Sauli oli keskittynyt kaikkeen ulkoiseen, menestykseen, rahaan ja maineeseen. Naisetkin hänen elämässään olivat vain todistuksia hänen miehisyydestään, ja se inhotti Markoa. Kaikki oli ikään kuin sallittua hänelle, ja välillä tuntui kuin miehestä puuttuisi jokin oleellinen.

Marko oli välillä epäillyt haluavansa olla eri mieltä ja pitävänsä Saulia itsekeskeisenä sikana siksi, että piti liikaa hänen vaimostaan. Nyt hän kuitenkin antoi ihanan jännitteen kasvaa kehossa ja nautti tunteesta. Reetan läsnäolo täytti hänen olemuksensa. Nyt tämä tunne lähti käsistä. Se oli suurempi kuin hän itse.

Fadi yritti lohduttaa Sannaa. Hieman häpeillen hän laittoi kätensä Sannan ympärille. Hän ei ollut tottunut hellyyden osoitusten jakamiseen sukulaistensa nähden.

– Näin olisi voinut käydä kenelle tahansa. Ei lapsia voi joka sekunti pitää silmällä. On tähän jokin luonnollinen selitys. Kyllä Amanda löytyy. Poliisit tekevät parhaansa.

Leyla keitti kuumaa teetä ja tarjoili sitä Sannalle.

– Koita rauhoittua kyllä kaikki vielä järjestyy.

Naapureita oli haastateltu, mutta kukaan ei ollut nähnyt mitään poikkeuksellista. Lentokentät ja laivasatamat saivat Amandan tuntomerkit. Kaikki yksiköt olivat hälytyksessä. Lähiseudun haravointia jatkettiin suurella joukolla. Vapaaehtoisiakin liittyi joukkoon.

– Olet ihan poikki mennään kotiin välillä, ehdotti Fadi. Emme voi tehdä tällä hetkellä enempää.

Kotona Sanna romahti sängylle itkemään.

– Mitä Amandalle on tapahtunut? Lehdissä on niin paljon juttuja kadonneista lapsista. Mitä jos emme koskaan löydä häntä?

– Ei mennä asioiden edelle.

Fadi rauhoitteli Sannaa ja hieroi hänen jäykkiä hartioitaan.

– Ei voida tehdä muuta kuin odottaa.

Hieronta tuntui hyvältä, ja Sanna alkoi rentoutua hieman. Fadi alkoi hengittää raskaasti, ja hierominen vaihtui hyväilyksi. Sanna jäykistyi ja pomppasi pystyyn.

– Mikä saatanan tunnevammainen sinä olet! Miten voit ajatella seksiä tällaisella hetkellä! Meidän pitäisi olla etsimässä Amandaa muiden mukana. Olet itsekeskeinen, epäempaattinen ja piittaamaton.

– Ei meidän seksi vaikuta asioiden kulkuun mitenkään, sanoi Fadi nauru suupielessä. Mennään takaisin sen jälkeen.

– Ei voi olla totta!

Sanna marssi ulko-ovelle ja paukautti oven kiinni perässään.

Miten en ole ennen välittänyt siitä, kuinka itsekeskeinen Fadi on? Tosipaikan tullen hänestä ei olisi mitään tukea. Unelma hyvästä läheisyydestä pirstoutui hetkessä palasiksi. Haaveiden hauras harso repesi ja läpi tunkeutui kylmä todellisuus. Todellista avointa lämmintä kohtaamista ei ollut heidän välillään.

Sanna ajatteli niitä monia kertoja, kun hän oli toivonut, että Fadi jäisi äidin luo ja he voisivat istuskella hänen seuranaan. Hän oli kaivannut lämmintä rentoa hyväksyvää yhdessäoloa.

Mutta nyt on tärkeimpiäkin asioita. Tuija tarvitsi kaikkien tukea. Sannaa hirvitti Tuijan kohtaaminen. Sanna näppäili äidin puhelinnumeron. Olisikohan hän jo laskeutunut Murciaan. Ei yhteyttä... miksi äiti oli juuri nyt poissa, kun hän tarvitsisi häntä eniten! Sanna halusi paeta ja sulkea silmänsä tapahtuneelta niin kuin Fadi teki, mutta tiesi että se ei ollut oikea tie.

Lähestyessään Hamidin ja Leylan taloa Sanna tunsi rusentavaa syyllisyyttä. Ahdistus oli avannut kuilun sisimpään. Tämä oli tapahtunut aiemminkin. Toinenkin ihminen oli vain kadonnut hänen elämästään jälkiä jättämättä, hänen oma isänsä. Sanna tiesi, että näiden tunteiden on tultava ja mentävä pois. Hän ei ollut syypää isänsä katoamiseen. Hän oli kokenut itsensä arvottomaksi, kun isä ei ollut myöhemminkään halunnut tuntea häntä. Äiti oli kuitenkin osannut lohduttaa ja saanut hänet tuntemaan itsensä arvokkaaksi. Nyt hän taas koki sitä tuskaa, mitä isättömyys oli tuonut mukanaan. Pelko menettämisestä oli vienyt hänet uhraamaan omat tunteensa miellyttämällä toista. Kaikki kirkastui hänelle tuskallisella tavalla. Hän oli kasvotusten itsensä kanssa. Nyt hän ymmärsi, miksi hän toisti samoja kuvioita ihmissuhteissaan.

Hänen on tehtävä se, mikä on oikein. Hän soitti ovikelloa. Leyla tuli avaamaan.

– Onko mitään uutta, Sanna kysyi?

Leyla pudisti päätä ja kertoi, että lähiseutu on kohta etsitty.

– Tulit yksin!

Leylan katse oli läpitunkeva.

– Niin, niin tulin. Minun on puhuttava Tuijan kanssa.

Sanna näki Tuijan istuvan keittiössä ja meni hänen luokseen.

– Anteeksi, voitko koskaan antaa minulle anteeksi, pääsi Sannan suusta. Menin vain hetkeksi Jesperin avuksi vessaan. Minun olisi pitänyt ottaa kaikki lapset mukaan. Kyyneleet valuivat pitkin Sannan poskia. Tuija nousi ja halasi Sannaa.

– Eihän kukaan tekisi niin. Ei menetetä toivoa. Emme tiedä mitä on tapahtunut. Odotellaan nyt. En voi uskoa, että mitään pahaa tapahtuu Amandalle. Tähän kaikkeen on ihan järkevä selitys.

Sanna näki, kuinka Tuija kielsi tapahtuneen. Totuus on liian rankka asia käsiteltäväksi. Tunteet ovat niin valtavia, etteivät ne mahdu tajuntaan eivätkä kehoon, muuten ihminen menisi rikki. Sanna laittoi kätensä Tuijan ympärille. Tässä Tuijan vieressä oli hänen oltava juuri nyt.

– Joo odotellaan, kyllä kaikki selviää kohta. On elettävä hetki kerrallaan.

Sannan puhelin soi hetken kuluttua ja soittaja oli Helena. Sanna meni eteiseen voidakseen puhua rauhassa. Itkun seassa Sanna sai kerrottua tapahtuneesta äidilleen. Äidin ääni oli rauhoitteleva.

– Tulen heti takaisin, jos haluat. Onko Fadi sinun tukenasi?

– Äiti, se on minun vika. Minun olisi pitänyt vahtia paremmin. Ei sinun tarvitse tulle nyt, odotellaan.

– Vahinkoja ja onnettomuuksia tapahtuu koko ajan, vaikka teemme parhaamme. Itsesyytökset ovat rankkoja, mutta et ole tahallaan aiheuttanut vahinkoa. Luotetaan rukouksen voimaan ja hyvän voittoon.

Helenalla oli syvä usko hyvään ja rakastavaan Jumalaan ja rukouksen voimaan. Hän oli puhunut siitä Sannalle usein. Nyt äidin sanat lohduttivat ja antoivat voimaa toivoa siitä, että kaikki vielä voisi kääntyä hyväksi.

– Ehkä Amanda on kuitenkin lähistöllä, lohdutti Helena.

– En usko. Hän on niin arka, ettei hän olisi lähtenyt yksin mihinkään.

– Ei sitä tiedä, jos hän on, vaikka seurannut kissaa tai irti ollutta koiraa, eikä osaa tietä takaisin.

– Minä menen takaisin Tuijan luo. Soitan sinulle heti, kun tiedän jotain uutta.

– Tulen sinne heti, kun haluat, tiedäthän sen.

– Kiitos äiti, hyvä tietää.

Fadilta tuli viesti, uteliaisuus voitti ja hän avasi sen.

"Miten voit lähteä noin vain ja jättää asiat kesken. Saat syyttää itseäsi siitä, että Amanda katosi. Eikös sinulle maksettu lasten vahtimisesta. Et taida olla hyvä siinä, etkä siinäkään, mikä meiltä jäi kesken".

Sanna tunsi viillon sydämessään, mutta se oli vain pieni sivuseikka suuremmassa hädässä. Mies oli näyttänyt todelliset kasvonsa. Sanna ei jäänyt pohtimaan suhdettaan mieheen. Hänellä oli tärkeämpääkin tekemistä. Hänen paikkansa Tuijan vierellä oli tyhjä.

Helena odotteli pysäkillä bussia. Hän tiesi etukäteen, että se oli linja Costa Azul eli "sinisen rannikon" bussi, joka menee Punta Priimaan. Meri kimaltelikin sinisenä ja turkoosina bussireitin varrella. Liput oli aina muistettava ostaa ennen bussiin astumista, muuten matka loppui jo ennen kuin se alkoi. Lähtöön oli vielä puoli tuntia.

Murcian bussiasema oli täynnä matkustajia matkalaukkuineen. Pienet kahvilat olivat täynnä iloisia ja kovaäänisiä ihmisiä. Tunnelma tuntui epätodelliselta. Miten elämä jatkuu toisaalla, kun se pysähtyy toisaalla. Helena tilasi "cafe con letchen", maitokahvin kuumaan maitoon.

Bussipysäkille oli kokoontunut jo paljon väkeä, ja Helena näki harmaapäisen, mukavan näköisen miehen olevan pysäkillä. Jaha, en näköjään pääse hänestä eroon helpolla. Helenan ajatukset vajosivat kuitenkin tyttären ja Amandan tuskalliseen todellisuuteen. Amanda olisi kuitenkin peloissaan yksin ilman äitiä ja turvallista ympäristöä, missä ikinä hän olisikaan.

Bussimatka kesti puolitoista tuntia, vaikka matkaa oli vain neljäkymmentä kilometriä. Ulkona oli jo pimeää. Talojen valoista saattoi päätellä, kuinka moni oli täällä tähän aikaan vuodesta. Useat käyttivät asuntojaan vain kesällä, kun saivat lomaa. Joissain lähiöissä oli vain muutamia ikkunoita valaistuna. Benidorm, kaupunki Alicantesta pohjoiseen, oli kuin aavekaupunki talvella. Hän oli kerran asunut siellä tammikuussa. Korkeissa taloissa oli vain muutama asukas. Käytävät olivat hieman pelottavia tyhjinä, ja hän oli päättänyt tutkia tarkkaan seuraavalla kerralla, mihin tulisi talvea karkuun. Punta Priima oli suhteellisen vilkas paikka myöskin talvella.

Helena jäi pois bussista, ja harmaatukkainen komistus jatkoi matkaansa. Se sitten siitä, ajatteli Helena.

Asunto, jonka Helena oli vuokrannut, oli Town House, kaupunkitaloksi kutsuttu asunto, jossa oli kolme kerrosta. Reeta oli sanonut, että hän voisi asettua mihin kerrokseen tahansa. Makuuhuoneista olisi käynti parvekkeille, ja keittiö oli alakerrassa. Keittiöstä oli pääsy alueen yhteiselle uima-altaalle. Nyt Helenaa hieman kadutti, että oli vuokrannut huoneen niin suuresta asunnosta. Pahuuden läsnäolo oli alkanut pelottaa. Pelko tulevaisuudessa piilossa olevista vaaroista on turhauttavaa. Kuinka usein hän oli nähnyt mielessään kaikki pelottavat vaihtoehdot tapahtumille. Ei milloinkaan ollut tapahtunut niin kuin hän oli kuvitellut. Silloin kun hänellä oli ollut kriisejä elämässä, ne olivat tulleet odottamatta kuin puskan takaa. Vaikka merkit olivat olleet ilmassa, oli hän ollut kykenemätön näkemään niitä. Asiat pitäisi pystyä kohtaamaan silloin, kun ne tapahtuvat. Jatkuva murehtiminen ja huolehtiminen kuluttavat kaiken hyvän energian, jota tarvittaisiin silloin, kun kriisejä ilmaantuu elämään.

Ilta oli pimentynyt, mutta Helena löysi helposti oikean talon. Hän ihasteli kauniita istutuksia ja huokasi onnellisena, mitä värejä ja muotoja! Täällä virkistyy pelkästään kävelemällä ja katselemalla ympärilleen.

Talo oli tyypillinen espanjalainen valkoiseksi maalattu betonitalo hauskoine yksityiskohtineen, kauniine parvekkeineen ja kukkaistutuksineen. Helena jäi ihastelemaan tummanpunaisia pelargonioita, jotka olivat kuin pensaita paksuine runkoineen.

Tässä talossa oli kaksi parveketta ja alakerrassa pieni laatoitettu piha. Avain sopi avaimenreikään. Matkalaukku oli kolissut katukäytävillä, ja Helena oli helpottunut, kun oli vihdoin perillä. Eteiseen näkyi valoa. Varmaan ulkovalot valaisevat sisälle asti. Helena heitti takkinsa matkalaukun päälle ja lähti tutkimaan asuntoa. Ihana keittiö ja olohuone takalla! Huonekalut ovat aika raskaita ja vanhanaikaisen näköisiä, mutta niinhän ne täällä useimmiten ovat.

Valon kajo tuli yläkerrasta, ja Helena lähti kiipeämään rappusia ylös. Ensimmäinen kerros olisi varmaan paras majapaikka.

Ei tarvitsisi jatkuvasti kiipeä lukuisia rappusia. Reeta oli kertonut, että ylimmästä kerroksesta näkyi aina merelle saakka. Reeta jähmettyi paikoilleen. Hänen silmänsä osuivat välittömästi makuuhuoneessa nukkuvaan tyttöön. Hengitys salpaantui. Olen nähnyt tytön ennenkin. Helena hämmästyi ja perääntyi hieman. Tyttö oli Amanda. Helena oli nähnyt usein Amandan pikkuveljensä ja äitinsä kanssa naapurissa. Ajatukset hajosivat. Hän ei saanut ajatuksiaan yhteen. Mitä tämä tarkoitti? Samassa vessan ovi avautui. Mies astui ulos vessasta.

– Mitä helvettiä, karjui mies.

Miehen kasvot vääristyivät rumiksi. Helena seisoi lamaantuneena paikallaan.

– Mitä helvettiä sinä teet täällä? Miten pääsit sisään?

Vaistomaisesti Helena rauhoitteli itseään ja yritti pitää paniikin poissa. Ajatukset kulkivat salamannopeasti. Mies on sama, jonka hän oli nähnyt Reetan asunnossa. Hänhän on poliisi. Tärkeät sekunnit olivat kohdalla. Helena sai soperrettua anteeksipyynnön.

– En tiennyt, että olet täällä. Reeta varmaan unohti kertoa minulle, että sinä olet täällä. Hän pyysi minua katsomaan, että kaikki on hyvin. Minä kun olin tulossa tänne lomalle. Olen vasta tullut ja ajattelin heti pistäytyä. Helena reagoi harkitsematta ja seurasi vaistoaan. Ajatukset kulkivat eri tahtiin kehon kanssa. Koko kroppa oli lamaantunut paikoilleen, ja Helena yritti samalla herätellä sitä eloon. Arvaisiko mies, että hän oli vuokrannut asunnon?

Mies katsoi Helenaa tutkivasti, ja hänen silmäänsä nyki. Helena hymyili ja pyysi taas anteeksi. Sydän hakkasi tuhatta ja sataa, mutta paniikki ei näkynyt ulospäin.

– Ei ollut tarkoitus tunkeutua. Lähden tästä eteenpäin. Minua jo odotellaankin majapaikassa. Hyvää lomaa sinulle.

Valtava paine rinnassa ja vaikeus hengittää ei näkynyt pinnalle asti. Helena varoi katsomasta tyttöä ja lähti alas rappusia. Mies tuli perässä. Helenasta tuntui, että hän oli siinä painajaisessa, jossa paha ajaa takaa, eikä pääse karkuun. Jalat tuntuvat lyijyn raskailta. Hän kuuli miehen hengityksen takanaan. On pysyttävä rauhallisena Amandankin takia ja Sannan. Helena käyttäytyi vaistonvaraisesti. Hän ei vieläkään ymmärtänyt näkemäänsä. Hän vain tiesi, että ulos on päästävä elävänä.

Helena otti takkinsa ja kääntyi mieheen päin ja pakotti itsensä hymyilemään.

– Niin taisimmekin tavata kotona Reetan luona, ovensuussa kerran.

– Muistan, vastasi mies, katse yhä porautuneena Helenaan. Kasvot olivat kuin kivettyneet, eikä mies vastannut Helenan hymyyn.

– No, ei vahinkoa sattunut, sanoi mies.

– Minä tästä lähden.

Helena näki miehen silmissä epäluuloa. Toivottavasti hänen selityksensä oli uskottava. Mies ei todennäköisesti kaivannut ulkopuolisia sekaantumaan asioihinsa. Ajatukset viilettivät Helenan päässä, mutta hän ei saanut kuitenkaan niitä mitenkään kasaan.

Ulkona Helenalla oli halu juosta kauas niin nopeasti kuin mahdollista. Ehkä mies vielä katuisi, että päästi hänet lähtemään. Jalat eivät kuitenkaan totelleet. Hän näki miehen seisovan parvekkeella ja seuraavan häntä katsellaan. Hän varoi katsomasta taakseen.

Marko sai kutsun esimiehensä Lindroosin puheille. Esimies oli pätevä, rauhallinen, kaikkien pitämä. Toivottavasti en joudu selittelemään Saulin poissaoloa. Mistähän on kysymys? Astuessaan huoneeseen hän päätti, ettei ainakaan peittelisi enää Saulin tekemisiä.

– Sinähän olet hyvin perillä tästä pommitutkimuksesta. Nyt kun Sauli on sairaslomalla niin kuin tiedät, haluan, että sinä otat johdon käsiisi. Rasmus Saari on kuulusteluhuoneessa. Asiassa on edettävä ripeästi. Tuloksia on saatava heti. Meillä ei ole varaa vapaana riehuvaan pommittajaan. Toista pommia ei saa räjähtää.

– Kiitos luottamuksesta, olen ehtinyt tutkia hieman Saaren taustoja. Ei mitään merkintää rikosrekisterissä. Pidän sinut ajan tasalla.

Sauli sairaslomalla? Onkohan hän kotona Reetan luona paikkaamassa välejä vai jonkun uuden naisen luona. Miksi Sauli ei ollut kertonut hänelle mitään? Olivathan he kuitenkin työpari.

Rasmus istui kuulusteluhuoneessa hämmentyneen näköisenä ja kysyikin heti syytä täällä oloon.

– Haluaisin esittää sinulle muutamia kysymyksiä. Missä olit keskiviikkona 14 aikaan?

– Olin töissä niin kuin tavallisesti. Olen työssä rakennusfirma Betonitekniikassa. Voitte tarkistaa asian. Mistä tässä on kysymys?

– Olet saanut kännykkääsi viime viikolla keskiviikkona viestin, 13.42. Keneltä viesti on? Rasmus häkeltyi. Miksi hänen viestejään on tutkittu? Onko se edes laillista? Rasmus mietti hetken, ennen kuin vastasi.

– Tapasin viime viikonloppuna vanhoja koulukavereita. Se oli varmaan Virtasen Jari, joka halusi ottaa muutaman oluen ennen kuin muut tulevat.

– Tiedätkö hänen osoitteensa?

– Kyllä tiedän, vaikken ihan tarkkaa. Hän asuu Vuosaaressa.

– Pieni hetki. Tulen kohta takaisin.

Sauli poistui huoneesta. Hän antoi tiedot eteenpäin, ja erikois-
ryhmä otti asian hoitaakseen. Palatessaan takaisin huoneeseen
hän oli jo melko varma, ettei Rasmus ollut mukana rikoksessa,
mutta halusi vielä varmistaa asian.

– Saammeko tutkia sinun puhelimesi viestit. Haluaisin myös
tietää, minkälainen suhde sinulla on Virtaseen?

– Tapaamme ehkä noin kerran vuodessa. Tavallisesti meitä
on useampia, ja sinä iltanakin meitä oli yhteensä kuusi entistä
luokkakaveria. Jari on kuulemma yksinäinen susi, eikä yleensä
seurustele muiden kanssa. Siksi olinkin hämmästynyt, kun
hän halusi tavata minut ennen muiden tuloa. En ole tavannut
häntä muulloin, kun luokkakaverien kanssa.

– Miksi hän halusi tavata sinut ennen muita?

– En tiedä. Mietin sitä itsekin silloin. Emme ole olleet erityisen
läheisiä. Hän jutteli vain ihan tavallisista asioista. Menimme sit-
ten paviljongille. Ehkä hän ei halunnut mennä sinne sisälle yksin.

– Hyvä on. Tarkistamme sinun antamasi tiedot, ja kun
olemme tutkineet puhelimesi, jos sallit sen, niin voit lähteä.

– Totta kai saatte tutkia, jos siitä on jotain hyötyä. Epäilettekö
Jaria jostain rikoksesta?

– Emme tässä vaiheessa kommentoi asiaa. Olet varmaan
tavoitettavissa, jos haluamme esittää lisäkysymyksiä. Annan
sinulle puhelinnumeron, johon voit soittaa, jos mieleesi tulee
jotain lisättävää tapaamiseenne liittyen, tai jos Virtanen ottaa
sinuun yhteyttä. Asia on tärkeä. Mieti tapahtuiko illan mittaan
jotain, mikä askarruttaa sinua.

Erikoisryhmä valmisteli Jari Virtasen noutoa. Virtasesta löytyi
tutkintapyyntö Twitterissä tapahtuvasta vihapuheesta. Asia ei
kuitenkaan ollut edennyt mitenkään.

Markon ajatukset harhailivat kuitenkin Reetassa. Hänen
teki mieli mennä kävelylle Reetan naapuristoon ja ikään kuin
sattumalta törmätä häneen. Se tuntui kuitenkin paluulta tei-

ni-ikään. Reetan ajatteleminen oli koukuttavaa. Se rauhoitti ja antoi energiaa, teki yksinkertaisesti onnelliseksi, eikä hän voinut lopettaa sitä.

Puhelin soi, ja Reeta näki numeron olevan Markon. Se aiheutti hetkeksi hämmennyksen tunteen.

– Hei tässä Marko. Mitä sinulle kuuluu?

– Ihan hyvää tässä. Jos haluat tietää, niin ei ole Saulista vieläkään kuulunut mitään. Onko hän töissä? Vaikka ei se minua nyt paljonkaan vaivaa.

– Ei ole, vastasi Marko. Ajattelin, lähtisitkö huomenna kahville? Voitaisiin jutella vähän.

– Mielelläni vastasi Reeta. Tässä kaipaakin jo aikuisen seuraa.

– Lähetän viestiä ja sovitaan aika ja paikka.

Reeta sulki puhelimen, ja hänet valtasi se vanha lämmin tunne, jonka hän usein koki Markon läheisyydessä. Reeta oli jo vuosia tuntenut kummallisen lämpimän ja hellän tunteen Markon ollessa lähellä. Saulin ja hänen avioliitto oli ollut tunneköyhä jo vuosia, ja Reeta arveli vain kaipaavansa hellyyttä ja huomiota. Hän halusi korjata avioliittonsa ja oli aina pitänyt vääränä unelmoida muista miehistä. Usein hän kuitenkin heräsi nähtyään unta Markosta. Sama tunne hyvinvoinnista ja hellyydestä oli aina läsnä, vaikka oli jo herännyt. Se seurasi usein mukana pitkään päivän askareissa.

Reetaa häiritsi Saulin täydellinen katoaminen. Olihan hän ollut poissa päiviä ennenkin, mutta lähetellyt viestejä kuitenkin. Kyseli ainakin Julian vointia.

Reetta koitti Saulin huoneen ovea. Se oli auki. Useimmiten Sauli lukitsi ovensa, ja se viestitti Reetalle julmasti, missä tilassa heidän suhteensa oli. Reeta astui huoneeseen. Ensimmäisenä silmät osuivat sänkyyn, joka oli huoneen nurkassa. Huoneessa vallitsi tiukka järjestys. Kaikki oli paikallaan huolellisesti määritellyssä paikassa. Reeta alkoi tutkia Saulin laatikoita, kynät rivissä ja paperit pinossa. Reeta selaili papereita, mutta ei löytänyt mitään kiinnostavaa. Hänen ei olisi koskaan tullut mieleenkään tutkia Saulin kännykkä viestejä. Se oli aina tuntunut liian väärältä. Eikä Sauli pahemmin unohdellutkaan puhelintaan pöydille.

Nyt hän ei voinut kuitenkaan vastustaa kiusausta tutkia Saulin huonetta. Toisella korvalla hän kuunteli, ettei Sauli vain tulisi paikalle. Ajatus oli pelottava. Mies raivostuisi suunnattomasti, se oli varmaa. Hän oli erittäin tarkka omasta reviiristään. Reeta jatkoi tutkimustaan ja avasi vaatekomeron oven, kaikki vaatteet olivat tiukassa järjestyksessä. Hattuhylly oli täynnä laatikoita. Mitähän niissä on? Reeta haki tuolin ylettyäkseen hyllylle ja otti muutamia laatikoita alas. Ne olivat täynnä vanhoja laskuja. Seuraavissa oli vanhoja koulumuistiinpanoja. Reeta jatkoi laatikoiden avaamista. Silmät rävähtivät selkosen selälleen. Laatikko oli täynnä rahaa, vain suuria seteleitä. Paljonkohan tässä on? Mistä Saulilla on tällaisia summia? Reeta otti seuraavan laatikon ja sama juttu. Yhteensä kuusi laatikkoa täynnä rahaa!

Sauli ottaa varmaan lahjuksia, kauhistui Reeta. Muutahan tämä ei voi olla? Onko hän naimisissa rikollisen kanssa? Mitä minun nyt pitää tehdä? Reeta laittoi kaikki paikalleen samalla tavalla kuin ne olivat olleet ja poistui huoneesta. Kaikki aistit olivat terästyneet, ja ajatukset kirjoittivat menneisyyttä uudelleen. Pieniä, ennen merkityksettömiä yksityiskohtia menneisyydestä palasi uudelleen mieleen, ja ne saivat uuden sisällön.

Helena vilkaisi pikaisesti taakseen, taloa ja miestä ei enää näkynyt. Silloin hän alkoi juosta henkensä edestä. Punta Priiman keskustan liikenneympyrässä hän näki Gardia Civilin auton. Francon ajan maine seurasi edelleen näitä miehiä. Heitä pidettiin edelleenkin kovapintaisina poliiseina. Hetken epäröityään Helena juoksi keskelle tietä ja huitoi vimmatusti. Poliisiauto teki ylimääräisen ympyrän päästäkseen huitovan naisen luo. Onneksi liikennettä oli vähän. Muutama auto ajoi tien sivuun ja antoi tietä poliisiautolle. Uteliaat ihmiset jäivät seuraamaan mielenkiinnolla tapahtumia.

Hämmentyneen näköiset poliisit astuivat ulos autosta. Helena oli hengästynyt ja sai sanotuksi... emergency... puhutteko englantia habla angles... no ei... Helena oli niin huolestuneen näköinen, että toinen poliiseista otti esille puhelimen ja näppäili numeron. Puhuttuaan hetken, hän antoi puhelimen Helenalle. Helenaa harmitti, ettei ollut opetellut kieltä, vaikka oli ollut Espanjassa lukuisia kertoja.

Mies puhelimessa, kysyi huonolla englannilla.

– Mikä on hätänä?

Helena kertoi, että pieni tyttö katosi Suomessa. Hän näki tytön eräässä asunnossa täällä. Oli kiire, ettei tytölle ehdi tapahtua mitään pahaa. On toimittava nopeasti. Mies alkoi tivata Helenan nimeä ja asuinpaikkaa. Helena vastasi, ettei ole aikaa hukattavana. On toimittava välittömästi. Helena antoi puhelimen takaisin poliisille, joka jatkoi keskustelua. Samalla hän avasi auton oven ja viittoi Helenaa astumaan sisään autoon.

Poliisit laittoivat sireenin päälle, mikä kauhistutti Helenaa. Jos mies kuulisi poliisiauton, hän pötkisi pakoon tytön kanssa. Poliisiauto kaarsi kuitenkin ulos Punta Priimasta kovaa vauhtia. Noin kymmenen minuutin kuluttua tultiin poliisiasemalle. Paikalle oli kutsuttu tulkki, ja Helena selitti asian alusta asti. Ystävällinen poliisi kertoi heidän ottavan yhteyttä Suomeen ja tarkistavan tilanteen siellä. Helenaa kiellettiin ottamasta yhteyttä kehenkään ennen kuin saisi luvan. Täydellinen vaitiolo oli tärkeää.

Helena jäi istumaan kuulusteluhuoneeseen ja alkoi täristä vilusta, vaikka huoneessa oli lämmin. Hetken päästä hänet haettiin istumaan odotushuoneeseen, ja hän sai kahvia. Helena ei pystynyt nielemään kahvia. Oliko hän kuvitellut kaiken. Reetallahan oli ollut tytär, joka avasi oven, silloin kun hän kävi siellä. Kuvitteliko hän, että nukkuva tyttö Punta Priimassa oli Amanda, koska hän halusi auttaa omaa tytärtään ja oli aina selvittämässä Sannan asioita. Huone oli ollut hämärä. Oliko hän erehtynyt? Ajatukset sinkoilivat päässä, eikä hän ollut enää varma mistään.

Samassa hän näki aseistettujen poliisien ryntäävän ulos ovesta. Nyt oli liian myöhäistä perua. Olikohan hän tehnyt väärän hälytyksen? Helena oli antanut poliiseille asunnon avaimen ja ihmetteli nyt, miksi mies ei ollut vaatinut sitä takaisin. Jos hän oli tekemässä näin vakavaa rikosta, ei mies haluaisi, että kenelläkään olisi avaimia asuntoon.

Sauli oli juuri käymässä nukkumaan, kun ulko-ovi kävi.

– Saatanan akka, mies kirosi ääneen.

Samassa sisään syöksyi neljä asein varustettua poliisia. Yksi otti Saulia olkapäästä kiinni ja paiskasi hänet kovakouraisesti seinää vasten. Toinen laittoi käsiraudat ranteisiin. Poliisit eivät lukeneet hänelle hänen oikeuksiaan eivätkä esitelleet itseään.

– Mitä hittoa tämä tarkoittaa, huusi Sauli. Pitkä parrakas poliisi puhui englantia ja sanoi Saulin olevan pidätetty lapsen ryöstöstä. Sauli selitti, että lapsi on hänen oma tyttärensä. Ei hän ole kidnapannut ketään. On tapahtunut erehdys.

– Voin näyttää tyttäreni passin ja omanikin. Tyttö nukkuu nyt.

Poliisit keskustelivat hetken, ja Saulin käsiraudat irrotettiin. Parrakas poliisi kehotti Saulia tuomaan passit. Poliisit olivat vieressä koko ajan, kun hän kaivoi passit laukustaan. He tutkivat passeja ja nyökyttelivät.

– Haluamme nyt nähdä tytön?

– Mutta hänhän nukkuu. En halua herättää häntä kesken unien. Hän säikähtäisi vieraita miehiä. Ajatelkaa lapsen parasta. Voin tulla hänen kanssaan huomenna poliisiasemalle.

Poliisit katselivat Saulia tutkivasti. Mies oli rauhallisen näköinen. Sauli harkitsi kylmän rauhallisesti ja veti mielestään voittokortin hihastaan.

– Sitä paitsi tässä on virkamerkkini. Olen itsekin poliisi. Itse asiassa olen rikostutkija.

Poliisit tutkivat Saulin virkamerkkiä ja keskustelivat asiasta. Sauli ei ymmärtänyt sanaakaan. Parrakas mies sanoi, että he haluavat nähdä lapsen välittömästi. Kaksi poliisia oli menossa makuuhuoneeseen. Sauli yritti estellä. Parrakas mies pyysi Saulia rauhoittumaan ja ojentamaan kätensä. Käsiraudat sujahtivat takaisin ranteisiin ennen kuin Sauli edes ehti tajuta.

Poliisit sytyttivät valot, ja toinen heistä kyykistyi tytön sängyn viereen. Tyttö heräsi ja katsoi unisena poliisia. Poliisi hymyili tytölle, ja tyttö hymyili takaisin. Passin kuvaa ja tyttöä verrattiin toisiinsa. Poliisi osoitti itseään ja sanoi, – Paco.

Sitten hän osoitti tyttöä ja tyttö vastasi, – Amanda! Paikalle soitettiin sosiaalityöntekijä. Sauli vietiin poliisiautolla asemalle.

Helena näki lasiovien läpi, kun Saulia kuljetettiin käsiraudoissa jonnekin. Heidän katseensa kohtasivat. Saulin katse oli kylmä, täynnä vihaa. Helenan sydäntä kylmäsi. Toivottavasti eivät päästä miestä vapaalle jalalle. Helena ei ollut odottanut joutuvansa kohtaamaan miehen uudelleen. Nyt mies tiesi varmuudella hänen olevan pidätyksen takana. Ajatus sai kylmät väreet kulkemaan kehon läpi.

Tyttö oli siis kuitenkin Amanda. Helena meni kysymään tietoa Amandasta. Hän tarjoutui auttamaan. Tyttö ehkä tarvitsisi lähelleen jonkun, joka edes puhuisi omaa kieltä.

Avunanto torjuttiin, koska sosiaalityöntekijät ja poliisi selvittävät tilannetta.

– Tyttö lennätetään kotiin seuraavalla mahdollisella koneella. Rikoksen tutkiminen siirretään Suomen poliisille.

Helena kysyi, jos voisi nyt lähteä. Hän halusi tietää pääsisikö mies vapaaksi, koska halusi mennä vuokraamaansa asuntoon kaikesta huolimatta. Poliisit vakuuttivat Helenalle, että mies ei aiheuttaisi hankaluuksia. Hänet todennäköisesti luovutettaisiin mahdollisimman pian Suomeen, eikä hänellä olisi mahdollisuutta päästä vapaaksi pitkään aikaan. Asunto olisi turvallinen.

– Poliisit tutkivat sen ensin ja saat palata sinne pian.

Helenalta pyydettiin vielä lausunto, ja häntä pyydettiin palaamaan seuraavana päivänä allekirjoittamaan papereita.

Myöhemmin illalla Helena pysäytti ohikiitävän vapaan taksin ja jäi pois taksista Punta Priiman keskustassa. Hän halusi kävellä rauhassa takaisin saman matkan, minkä hän oli kulkenut kauhean paniikin vallassa. Hän ajatteli tunteiden kohtaamisen vapauttavan tien hänen käyttöönsä ilman, että hän tuntisi jatkuvaa pelkoa kulkiessaan sitä pitkin.

Marko odotti kärsimättömänä tietoa eritysryhmältä Virtasen pidätyksestä. Kännykästä oli onnistuttu saamaan yksi sormenjälki. Sitä verrattaisiin Virtasen sormenjälkiin. Samassa hän sai puhelun.

– Virtanen ei ole paikalla, mutta sinun on parasta tulla tänne heti!

– Lähetä tarkka osoite minulle, olen tulossa.

Marko ajoi Vuosaareen ja mietti, kuinka paljon alue onkaan muuttunut. Joka toinen asukas näyttää tulleen tänne eteläisemmältä pallonpuoliskolta. Kansainvälisyys viehättää silmää, enemmän väriä, enemmän elämää. Erimuotoista kuin harmaan ja mustansävyt, joihin on totuttu Suomessa. Poliisilaitoksessa ei tällaisia mielipiteitä kannattanut lausua. On parempi pitää omana tietonaan mielipiteet. Silloin Marko kuitenkin aina avasi suunsa, kun rasistisia mielipiteitä lauottiin ääneen. On eri asia sanoa väärinkäytöksistä, mutta yleistäminen oli toista. Yleensä rasismi oli puettuna näennäishuumoriin, jossa naurun kohteena ovat ulkomaalaiset. Repivillä, muka hauskoilla tarinoilla oli negatiivinen kaiku, mikä ei viehättänyt Markoa.

Markolla oli vielä muistissa nuoruusvuodet Ruotsissa. Kuinka naurettavilta tuntui suomalaisista saadut käsitykset. Kaikkia suomalaisia pidettiin kovina ja karkeina alkoholia liikaa juovina häiriköinä. Ei hän ainakaan tunne kahta samanlaista suomalaista. Miksi kaikki muun maalaiset olisivat niin samanlaisia, että mahtuvat saman nimikkeen alle. Monissa maissa on suuria sisäisiä kulttuurieroja. Eiköhän tässä olla yksilöitä, vaikka yhtäläisyyksiäkin on paljon. Pinnan alla kaikki surevat samoja asioita ja iloitsevat samankaltaisista asioista. Osa ulkomaalaisista käyttäytyy huonosti niin kuin suomalaisista. Väärinkäytöksiin on puututtava henkilön taustaan katsomatta. Totalitarismilla on monet kasvot.

Poliisiautot näkyivät jo kaukaa. Paikalle oli kerääntynyt väkeä ihmettelemään. Marko ajoi siviiliautollaan paikalle. Poliisit olivat jo sisällä asunnossa. Markoa suututtivat näkyvät partioautot. Olisi pitänyt odotella Virtasen paluuta asunnolle.

Sisällä häntä oli vastassa huoneisto, joka on epäjärjestyksessään vertaansa vailla. Lattialla on kasoittain vanhoja homeisia pizzakartonkeja ja roskapusseja. Likapyykki lojuu sikin sokin lattialla. Kylpyhuone on täynnä tyhjiä oluttölkkejä. Tölkit oli ladottu pinoihin, ja vanhan oluen haju oli tukkia nenän. Miten täällä on voinut käydä suihkussa. Tupakantumppeja oli joka puolella. Koko huoneistossa oli pistävä epämiellyttävä haju. Luulisi naapureidenkin häiriytyneet lemusta. Yksi huone oli lukossa, ja ovea oltiin juuri murtamassa auki.

Korhonen huusi Markolle, – Virtasen tietokone on täynnä vihapuhetta ja pomminteko-ohjeita. Katsos näitä kuvia ja pohjapiirustuksia paikoista, joissa maahanmuuttajat kokoontuvat, kahviloista ja kouluista, joissa annetaan suomenopetusta...

Tänne pitäisi kutsua pommiryhmä, ja talo on evakuoitava. Täällä on kemikaaleja ja ehkä räjähteitä. Mitäs sanot, tehdään tyhjennys rauhallisesti? Entäs Virtanen, onkohan se jossain pahanteossa. Eikö olisi tärkeintä löytää se heti?

– Ei se ainakaan kotiinsa tule. Olisi pitänyt hoitaa asia näkymättömästi, vastasi Marko hieman happamana. Markoa harmitti koko operaatio. Se olisi pitänyt hoitaa ihan eri tavalla alusta alkaen.

Virtasen asunnosta löytyi paljon todisteita, omatekoisen pommin teko-ohjeista sen rakentamiseen tarkoitettuihin materiaaleihin. Räjähteitä ei löytynyt, eikä taloa tarvinnut evakuoida. Tietokone oli tulvillaan karkeaa vihapuhetta sisältäviä kirjoituksia. Mies on löydettävä nopeasti.

– Levitetään kuva kaikille ja intensiivinen haku päälle, kuva uutisiin ja erikoislähetys.

Markoa harmitti, kun ei ollut johtanut operaatiota itse alusta lähtien. Nyt hän tekisi kaikkensa Virtasen löytymiseksi.

Jari oli käynyt Siwassa, ja kassi oli täynnä herkkuja. Hän ei ollut pitkään aikaan piitannut ruuanlaitosta. Valmistahan saa aina. Kassi on täynnä kaljaa, lihapiirakoita ja munkkeja. Oikeaa lohturuokaa, ajatteli Jari. Karkkipussi sai korvata tyttöystävän, naureskeli mies itsekseen. Ei torju, pussi aina auki ja aina tietää mitä saa.

Olihan Jari seurustellutkin jonkin aikaa Tellun kanssa. Tellu on yksinhuoltaja, jolla on kaksi lasta. Jari huomasi heti, että toista huoltajaa Tellu oli vailla. Mutta ei tämä ollut osannut pitää huolta miehestä. Odotti kaikenlaisia palveluita häneltä. Ei hän ymmärrä naisia, jotka luulevat miehelle riittävän puolihoidon. Eikä hän toisten siittämistä huolehdi. Tellu laittoi aina lapset hänen edelleen. Hullu ämmä luuli, että hän alkaisi kuljetella heitä Korkeasaaressa ja ostella jätskejä. Naiset ovat nykyään menettäneet naisellisuutensa. Eivät enää ymmärrä, mitä oikeat miehet haluavat. Lapset menevät aina miehen edelle. Ei ihme, että puolet pareista eroaa. Sitten naiset lankeavat ensimmäiseen Lipovichiin ja niitähän nyt riittää, tyhjän lässyttäjiä.

Hänellä on tärkeämpääkin tekemistä kuin keittiöpuuhat ja kotileikit. Hänellä on kutsumus. Hän on osa suurempaa suunnitelmaa. Taistelu hyvän ja pahan välillä oli tiivistynyt. Nyt on aika taistella pahaa vastaan. Ei poliitikot ja kaiken maailman suvakit ymmärrä, missä nyt mennään. Nyt on tehtävä kaikkensa, ennen kuin on liian myöhäistä.

Hän ei ollut koskaan ymmärtänyt Facebookia ja muuta sellaista turhaa lätinää. Ei häntä ollut kiinnostanut, miten muut käyttivät aikaansa, kunnes hän sai kutsun erityiseen Twitter ryhmään, missä keskusteltiin tärkeistä asioista ja innostus kasvoi päivä päivältä. Nyt hän ei voinut enää olla irti netistä. Hän kuului eri keskusteluryhmiin, joissa keskusteltiin siitä, miten Suomi saadaan takaisin suomalaisille. Ryhmissä vaaditaan, että rajat pistetään kiinni. Jari uskoi, että he ovat ne älykkäät ihmiset, jotka ymmärsivät enemmän. Ihmiset, jotka rakastavat isänmaataan. He tekisivät mitä tahansa isänmaan puolesta. He osaavat tulkita maailman tapahtumia ja näkivät enemmän kuin tavalliset pulliaiset. He osasivat tehdä oikeita johtopäätöksiä. Sota oli jo alkanut. Ruotsissakin käsikranaatit lentelivät lähes jokainen päivä. Siellä väitetään rikollisjengien riehuvan, mutta tietäähän sen, keitä he todellisuudessa ovat.

Ulkomaalaiset ovat perustaneet siellä omia oikeusistuimiaan. He jakelevat siellä tuomioitaan omien oikeuskäsitystensä mukaan. Poliisin puoleen kääntyminen tulkitaan vakavammissakin perheväkivallanteoissa vääränä. Poliittisten puolueiden kokouksissa on naisia käsketty toiseen huoneeseen, kun on keskusteltu asioista. Siellä yritetään perustaa valtiota valtion sisälle. Hän oli eturintamassa taistelemassa tällaista kehitystä vastaan. Muidenkin oli herättävä ajoissa. Nyt ei pelkät puheet enää riitä, tarvitaan tekoja. Kun poliitikot pönkittävät vain omaa uraansa kansakunnan kustannuksella, on kansalaisten otettava oikeus omiin käsiin.

Lähestyessään kotiaan Jari huomasi, että paikalle oli kerääntynyt väkeä. Poliisiautoja oli talon edustalla. Hän kääntyi pikaisesti poikkikadulle ja lähti kävelemään rantaan päin. Aivot kävivät kuumeisesti läpi eri mahdollisuuksia. Voisivatko he olla hänen jäljillään? Mahdotonta, hän oli peitellyt jälkensä taitavasti. Kukaan ei tiennyt milloin ja missä hän iskisi. Hän toimi aina yksin. Keskusteluryhmissä hän sai kuitenkin vahvistusta ja vinkkejä. Mcitä on paljon, ja joka päivä uusia liittyy joukkoon.

Hän päätti jäädä seurailemaan tapahtumia hyvältä etäisyydeltä. Ei ollut mitään muutakaan paikkaa, minne mennä. Ilta alkoi jo hämärtää. Jari ei tiennyt, miten jatkaisi tästä eteenpäin. Hän ei voinut nähdä, mitä talossa tapahtui. Liian lähelle ei kannattanut mennä. Ehkä se on kuitenkin se toisen kerroksen huumehöyry, joka siellä on sekoillut. On siellä ennenkin ollut poliisit paikalla.

Jonnekin on mentävä yöksi, Jari mietti. Aivan sairasta, että hänen pitää piileskellä. Hän on oikealla puolella tässä sodassa ja kuitenkin häntä vainotaan. Tulevaisuus kyllä osoittaa, miten väärässä yhteiskuntakin voi olla. Silloin hänen panokselleen osataan antaa se arvo, joka sille kuuluu. Hänen paras ystävänsä oli Rasmus jo kouluajoista lähtien. Soitto hänelle voisi ratkaista pulman. He eivät tavanneet usein, mutta heillä on erityinen yhteys. Rasmus kysyi aina kuulumisia ja kuunteli aina, mitä hänellä oli sanottavaa. Hän on ajatellut varovasti tunnustella saisiko Rasmuksen mukaan isänmaan puolustajien joukkoon.

Äidin kuolema oli sysännyt Jarin juomaan. Tämä synkkä vaihe oli ohi, ja nyt hän jatkoi sitä taistelua, jota äitikin oli jo käynyt. Hänkin halusi olla korjaamassa yhteiskunnan epäoikeudenmukaisuuksia.

Jari lähti kulkemaan metroasemaa kohti pikkukatuja pitkin, varmuuden vuoksi.

Tunnelma Pajumäentiellä oli painostava. Kaikki ajattelivat, että oli kulunut liian kauan aikaa Amandan katoamisesta. Kukaan ei halunnut sanoa asiaa ääneen. Tuija itki hiljaa, ja Sanna istui hänen vierellään lohduttaen. Amir oli lähtenyt hakemaan Amandan isää Seutulan kentältä. Samir oli saanut äkkilähtölipun ja oli rynnännyt heti matkaan.

Ovikello soi, ja kaksi poliisia tuli sisään. He esittelivät itsensä ja kertoivat, että heillä oli uutisia Amandasta.

Kaikki jäykistyivät ja jäivät jännittyneinä kuuntelemaan. Tuija luki epätoivoisesti poliisien ilmeistä uutisten laatua.

– Olemme löytäneet Amandan tai emme oikeastaan me, mutta Espanjan poliisi.

– Kuinka hän voi, parkaisi Tuija. Miten hän on sinne joutunut?

– Emme vielä tiedä kaikkia yksityiskohtia, emmekä voi vielä kertoa kaikkea. Tulimme hakemaan sinut paikanpäälle. Amandaa lennätetään juuri Suomeen. Tutkimukset ovat vielä kesken.

Samassa Samir ja Amir tulivat ovesta.

– Mitä on tekeillä. Missä Amanda on, kysyi stressaantunut Samir? Olen Amandan isä.

Hän näki Tuijan ja alkoi itkeä.

– Anna minulle anteeksi. Tätä ei olisi tapahtunut, jos olisin pitänyt teistä huolta.

– Rauhoitu Samir, Amanda on löytynyt. Olen lähdössä hänen luokseen.

– Minä lähden mukaan, sanoi Samir. Miten hän voi? Mistä tässä on kysymys?

– Emme vielä tiedä, vastasi toinen poliiseista. Menemme suoraan sairaalan yksikköön. Amanda tuodaan sinne.

Tuija ei pystynyt puhumaan Samirin kanssa. Samir laittoi kätensä Tuijan tärisevän käden päälle. Nyt he olivat tässä yhdessä. Tuija tiesi, että Samir rakasti lapsiaan ja olisi tässä kriisissä läsnä. Mies oli pohjimmiltaan välittävä ja rakastava. Hän näki miehen hyvät ominaisuudet ja myös oman vaillinaisuutensa paljaana. Kumpikin mietti kauhuissaan sitä, mitä on tapahtunut, mutta eivät sanoneet mitään toisilleen. Pelko ja rakkaus lapseen oli yhteinen. He hakivat turvaa toisistaan. Välimatka, joka oli ollut heidän välillään katosi. Suru sekä huoli sitoivat heidät toisiinsa. Kukaan muu ei voisi ymmärtää yhtä hyvin sitä, mitä he kävivät läpi. Heidän olisi pitänyt pystyä suojelemaan lasta. Siksihän vanhemmat olivat olemassa. He olivat epäonnistuneet ja asettaneet lapsensa vaaraan. Kumpikin koki samaa syyllisyyttä, joka oli musertavaa. Päällimmäisenä oli kuitenkin tuskallinen tieto, että Amanda oli joutunut kokemaan ehkä väkivaltaa, joka on voinut rikkoa hänen nuoren elämänsä. Toivo siitä, ettei mitään peruuttamatonta ole tapahtunut oli vain kaukaisena. Tuija takertui siihen epätoivoisesti kiinni. Pahuus ei saisi lopullista voittoa.

Helena palaili matkalaukkuineen asunnolle. Hän ei oikein tiennyt, kuinka karistella päivän tapahtumat mielestään. Astuessaan sisään tapahtumat kertautuivat automaattisesti hänen mielessään. Asunnossa ei kuitenkaan ollut mitään pelottavaa. Kaikki pelottava on poistunut poliisien viemänä. Helenalla oli syvä luottamus hyvään. Hän oli juuri siellä, missä pitikin. Hän oli toiminut hyvän puolella ja saanut auttaa Amandaa. Hymy tuli hänen huulilleen ja sydän täyttyi lämmöllä. Asunto alkoi tuntua erityisen hyvältä. Hän on saanut olla täällä hyvän välikappaleena. Huomenna hänellä on lupa soittaa Sannalle, ja sitten saisi tietää enemmän Amandan voinnista.

Poliisit olivat tutkineet asunnon, ja nyt siellä sai liikkua vapaasti. Helena valitsi ylimmän kerroksen itselleen. Ilta oli pimeä, ja hän näki ulkona asuntojen valot. Ne loivat turvallisen tunteen. Täällä on muitakin tavallisia ihmisiä, tavallisissa iltapuuhissa. Hän ei ollut yksin. Aamulla näkyisi merelle asti.

Vielä on lähdettävä ulos syömään, kun ei ollut ehtinyt käydä kaupassa. Vatsaa kurni. Hän huomasi, että jääkaappi olikin jo päällä. Sinne pitäisi ostaa jostain vettä. Pienet intialaiset ja pakistanilaiset kaupat saattaisivat olla vielä auki.

Kello oli jo puoli kymmenen, mutta lasi viiniä ja tapakset eivät olisi pahitteeksi. Täällä ei koskaan pelottanut kulkea pimeällä yksin ulkona. Liikkeellä on aina paljon iloisia ihmisiä. Keskustelun sävyt olivat aina positiivisia, eikä Helena ollut koskaan törmännyt vihaisiin tappelupukareihin.

Ilta on ihanan lämmin. Tuulenhenkäys hyväili ihoa lempeästi. Helena oli laittanut päälleen kevyen topin ja hameen, josta piti ja jota käytti liiankin usein. Punta Priiman keskustassa oli muutamia kivoja baareja, jotka olivat auki myöhään yöhön.

Helena valitsi mukavan tapasbaarin. Baaritiskillä on esillä erilaisia pikkuaterioita. Kovaääninen juttelu täytti ilman. Baari on täynnä vilkkaasti keskustelevia ihmisiä.

Täällä tavataan usein ystäviä ulkona, ei kenenkään maalla. Se oli helppoa kohtaamista. Ei tarvinnut huolehtia, oliko siivottu kotona tai ei. Vieraita ei tarvitsisi sietää kauemmin, kun haluaisi. Hän muisti erään puolitutun, joka istui hänen kotonaan tuntitolkulla yömyöhään. Hän ei hennonut käskeä vierasta poistumaan, vaikka oli pitkästynyt tämän yksinpuheluun jo alkuillasta. Täällä oli helppo tutustua uusiinkin ihmisiin, ja usein hänet vedettiin mukaan keskusteluihin ventovieraiden kanssa.

Helena tilasi katkarapuja valkosipulin ja korianterin kanssa sekä lasin Cavaa. Istuutuessaan nurkkapöytään, hän huomasi harmaatukkaisen tuntemattoman tutun lähestyvän. Helena tunsi punastuvansa korviaan myöten ja ihmetteli harmistuneena reaktiotaan. Eihän hän edes ollut puhunut miehen kanssa.

– Hei! Taas tavataan. Tämä taitaa olla jo kohtalo, sanoi mies hurmaava hymy huulillaan.

Helenaa hymyilytti. Tuntui kuin he olisivat samalla aaltopituudella. Se mikä oli ajatuksissa, sai saumattoman jatkon todellisuudessa.

– No, se taitaa olla vähän ennenaikaista sanoa, pääsi Helenan suusta. Saattaa olla pelkkää sattumaa, nauroi Helena.

– Katsotaan mitä tuleman pitää, vastasi mies.

Hän ojensi kätensä. Katse oli lähes hypnoottinen. Helena ei voinut olla tarttumatta käteen.

– Joni, mikäs sinun nimesi on?

– Helena, ovat vanhemmat päättäneet niin.

– Saanko istuutua seuraasi?

Helena suostui, eikä voinut olla hymyilemättä. Illan tapahtumat olivat järkyttäneet, ja seura oli parasta lääkettä tällä hetkellä. Mies tilasi myös tapaksia ja viiniä. Tunnelma ei ollut tippaakaan kiusallinen. Mies oli vielä hurmaavampi lähietäisyydellä. Ympärillä oleva maailma menetti merkityksensä.

He juttelivat niitä näitä. Helena tunsi olonsa rennoksi ja mukavaksi miehen seurassa. Hän päätti olla puhumatta alkuillan tapahtumista. Nyt oli loma. Hänen on päästävä synkistä ajatuksista. Irtautuminen oli vaikeaa, mutta miehen seura on niin päihdyttävää, että hetken kuluttua Helenasta tuntui kuin tapahtumista olisi kulunut ikuisuus, ja että ne kuuluivat toiseen todellisuuteen, jolla ei ollut mitään tekemistä tämän hetken kanssa.

Baariin tuli suuri joukko juhlivia nuoria naisia. Osa oli pukeutunut todella rohkeisiin seksikkäisiin asuihin. Mies vain vilkaisi, mistä meteli tuli, mutta keskittyi Helenaan koko ajan. Hmm... yksi piste miehelle, ajatteli Helena. Mies kyseli Helenasta ja kuunteli kiinnostuneena vastauksia.

Tuntui, että hän on treffeillä, vaikka näin ei ollutkaan. Hehän olivat tavanneet sattumalta. Helenaa ei yleensä lumonnut sattumanvaraiset kohtaamiset. Edellisen kerran kun kohtalo oli puuttunut hänen elämäänsä kummallisten sattumien kautta, tunteet olivat saaneet ylivallan ja järki hävinnyt. Ainoa hyvä mikä siitä seurasi, oli Sanna, hänen kallein aarteensa. Hän oli päättänyt, ettei enää milloinkaan heittäydy pelkkien tunteiden pettävään houkutukseen. Eikä hän ollutkaan tavannutkaan ketään, joka olisi saanut hänet muuttamaan mieltään. Olihan hän käynyt treffeillä, mutta ei sen enempää. Kukaan ei ollut onnistunut sytyttämään sitä kipinää, jota tarvittaisiin, jotta suhde syventyisi.

Miehen luontainen kohteliaisuus miellytti häntä. Siitä oli jo kauan, kun joku mies oli huomioinut häntä täällä tavalla. Hyvästä seurasta ja hyvistä ystävistä on aina pulaa.

Illan päätteeksi mies saattoi hänet asunnolle. Keskustelu oli kepeää koko matkan, ja Helena nautti seurasta. He päättivät mennä seuraavana päivänä kävelemään rannalle.

Helenasta tuntui, että Suomesta lähdöstä oli jo monta päivää, ja ajatukset olivat sekaisin, mutta tunteet pysyivät tiukasti miehen läsnäolossa. Hän pystyi tuntemaan miehen tuoksun kauan jälkeenpäin. Miehen olemus oli valloittanut osan hän olostaan. Olen vanha ja järkevä nainen. Ei tällaiset tunteet ole todellisia. Hän vain herättää minussa jotain, jota juuri nyt tarvitsen, koska todellisuus on liian raadollista. Silti hänen oli vaikea lopettaa hymyilemistä. Vesipullon ostokin unohtui.

Sanna lähti Hamidin ja Leylan luota kevyemmin askelin. Oli vieläkin vaikea käsittää, että joku oli vienyt tytön pois maasta. Kuinka kauhealta Amandasta on mahtanut tuntua, olla vieraassa paikassa jonkun mielipuolen kanssa. Miksei kukaan ollut pysäyttänyt heitä? Amanda on varmaan itkenyt ja huutanut. Hänen on täytynyt tuntea se ihminen, muuten se ei olisi onnistunut. Oliko se ollut tilaisuus, joka teki varkaan vai oliko kaappausta suunniteltu etukäteen. Tapahtuma järkytti koko Sannan olemusta syvältä. Miten, joku ihminen on päätynyt tilaan, jossa voi tuhota lapsen elämän omaksi voitoksi. Ihmisen ja saalistavan eläimen välinen ero oli kaventunut Sannan mielessä lähes olemattomaksi. Pahuuden läsnäolo oli konkreettista. Tapahtuma väritti tunne-elämää vuosiksi eteenpäin. Maailma oli muuttunut pysyvästi.

Sanna ei halunnut mennä kotiin ja kohdata Fadia. Hänellä oli avaimet äidin asuntoon. Fadi oli näyttänyt pimeänpuolensa ennenkin, mutta Sanna oli ollut hyvä selittämään sen pois. Nyt on kuitenkin joku raja ylitetty. Kaikenlainen itsekkyys ahdisti, ja hän halusi pitää sen loitolla omasta elämästään.

Fadin intensiivisyys ja ajoittainen huomio, jota häneltä sai, oli ollut parempaa kuin kohdata yksinolosta aiheutuvat tunteet. Sannan mielessä kävi jatkuva punninta hyvien ja tuskallisten muistojen välillä. Vaakakuppi heilahteli puolelta toiselle.

Muistot siitä, kuinka Fadi oli käyttäytynyt silloin, kun hän oli huonolla tuulella, vilisti ajatuksissa. Silloin mies oli täysin mitätöinyt hänen tunteensa. Mies oli tehnyt lukuisia päätöksiä kysymättä mitään Sannalta, vaikka ne koskivat hänenkin elämäänsä. Hän oli sopinut yhdessä serkkunsa kanssa senkin, että Sanna olisi lapsenvahtina ja kertoi sitten vain sen iloisena asiana. Hän ei ollut halunnut pilata miehen hyvää tuulta ja oli ollut vaiti. Pikkuhiljaa hän ei ollut enää varma siitä, mitä hän tunsi ja halusi.

Mies oli pitänyt heidän raha-asiat tiukassa kontrollissa, ja Sanna sai aina neuvoja siitä, mitä ostaa ja mitä ei tarvita, vaikka heillä ei ollut puutetta rahasta. Ajoittainen mykkäkoulu oli pahinta. Miehestä saattoi säteillä huonotuulisuus, eikä syytä siihen ollut helppo tietää. Aikanaan mies kuitenkin sysäsi syyn käytökseensä muille. Useimmiten syynä oli jotain, mitä Sanna oli tehnyt tai ollut tekemättä. Sanna oli mielessään aina keventänyt asiaa ja sanonut itselleen, ettei se ole niin vaarallista. Kaikki perusasiathan ovat kuitenkin hyvin. Kaikkihan ovat joskus huonolla tuulella. Miehen huomio ja ylenpalttiset rakkaudenosoitukset saivat ikävyydet unohtumaan tai ainakin ne jäivät kaukaiseksi varjoksi odottamaan.

Sanna kaatui uupuneena sängylle ja katsoi viestejään. Hän ei halunnut avata niitä. Samalla hän tiedosti olevansa passiivisen aggressiivinen ja tunsi piston sydämessään.

Sanna nukahti, mutta heräsi pian ovikellon ääneen. Unisena hän meni ovelle ja näki, että Fadi oli oven takana. Hän avasi epäröiden oven. Mies näytti vihaiselta ja halusi selitystä.

– Ymmärräthän, ettet voi kadota tuolla tavalla. Et kyllä käyttäydy hyvin. On hyvä, että tiedän sen nyt. Miten selität käytöstäsi!

Sanna tunsi itsensä kolmivuotiaaksi. Näinkö isät läksyttävät lapsiaan. Sanna katsoi ihmetellen miestä. Ei ollut mitään ideaa selittää hänelle, mitä tunnen. Olemme kuin eri planeetoilta. Sanna tunsi itsensä riittämättömäksi. Hän ei tiennyt miten tavoittaa mies. Kuilu oli auki heidän välillään, eikä yli kulkenut siltaa.

– Mikset tullut kotiin? Sinä ajattelet vain itseäsi! Olisit voinut ainakin soittaa.

– Lopeta, en ole tehnyt mitään pahaa enkä ole itsekeskeinen, sai Sanna sanotuksi. En jaksa nyt sitä syyllisyyttä, jonka kaadat päälleni. Ei ole hyvä idea puhua nyt, kun olet kiihtynyt. Jutellaan huomenna.

– Tulet mukaani, vaati mies.

Sanna sanoi jäävänsä äidin asuntoon. Fadi astui lähemmäksi uhmakkaan näköisenä.

– Jos kosket minuun, soitan poliisit, sanoi Sanna.

Mies perääntyi hämmästyneenä naisen päättäväisestä ja tiukasta äänensävystä.

– Rauhoitu, puhutaan huomenna. Haluan, että lähdet nyt.

Mies paiskasi oven kiinni perässään kiroillen. Sannasta tuntui kuin hän putoaisi pohjattomaan kuiluun. Ei ollut mitään, mistä pitää kiinni. Ahdistus väheni pikkuhiljaa, ja tilalle tuli turvallisuuden tunne. Hän putoaisi kuitenkin itseensä ja seisoisi tukevammin omilla jaloillaan tämän jälkeen.

Rasmus näki Jarin soittavan. Hän pakotti itsensä vastaamaan.
– Moikka! Mitäs kuuluu, aloitti Jari. Voisinko tulla käymään, olisi vähän asiaa. Olis kiva jutella sun kanssa.
– Tule vaan, vastasi Rasmus, kun ei keksinyt hädissään muutakaan.
– Et taida tietää mun osoitetta. Lähetän sen sulle.
– Joo, nähdään.
Rasmus mietti kuumeisesti, mitä nyt tekisi. Hän kaivoi esiin sen poliisin puhelinnumeron, joka oli kuulustellut häntä ja näppäili numeron. Marko vastasi puhelimeen.
– Hei, mun nimi on Rasmus Saari. Minun piti soittaa, jos kuulen Virtasen Jarista. No, nyt se soitti ja on tulossa käymään.
– Selvä, vastasi Marko. On tärkeää, ettet puhu tästä kenellekään, ja kun hän tulee, älä mainitse mitään poliisista. Tulemme sinne heti.
Rasmus sulki puhelimen ja tunsi kylmän hikipisaran valuvan ohimolla. Pian hän sai Jarilta viestin
"Hei! Olen nyt täällä, avaatko oven!" Miehen oli pitänyt olla jo nurkilla.
Rasmus mietti vielä voisiko perääntyä. Hän toivoi, ettei Jari saisi tietää, että hän on soittanut poliisille. Eihän sitä tiedä, mistä tässä on kysymys. Poliisi oli ollut niin harvasanainen ja vakava.
"Odota tulen avaamaan".
Rasmus yritti käyttäytyä mahdollisimman luonnollisesti. Missään tapauksessa hän ei voi kertoa, että poliisit ovat kyselleet häneltä Jarista. Ei voinut paljastaa poliisien olevan tulossa. Toivottavasti he eivät tule sireenit soiden. Koko talo luulisi hänen sekaantuneen johonkin rikolliseen.
Rasmus oli tehnyt valintoja, joita itsekin ihmetteli jälkeenpäin. Liian usein hän oli joutunut mukaan asioihin, joista ei pitänyt, koska ei osannut sanoa ei. Hän ymmärsi vasta jälkikä-

teen, mitkä tunteet olivat ajaneet hänet väärille teille. Vaikka ei niille tunteille pärjännyt. Ne vaanivat sopivaa tilaisuutta ja vievät mukanaan varoittamatta. Nyt hän oli varuillaan.

– Morjens kamu, tervehti Jari rempseästi. Miten menee? Siitä onkin jo vähän aikaa, kun viimeksi nähtiin.

– Joo niin on, oliko sulla jotain erikoista, kysyi Rasmus?

– Ei muuta, mutta mun asunnossa on vesivahinko ja aattelin, että saisinko nukkua sun sohvalla yhden yön. Lähden varmasti aamulla. En haluaisi mihinkään hotelliinkaan mennä, kun en ole tottunut sellaiseen menoon.

– Eikö sun vakuutus sijoita sua johonkin hienoon hotelliin siksi aikaa, kun saneerataan. Mun sohva on aika kova ja epämukava.

– Ei ole tullut otettua vakuutusta. Ei sitä ajattele, että itselle sattuu. Ovat niin kalliitakin. Ei mun tuloilla. Kyllä mä sohvalla pärjään.

Rasmus ei tiennyt, miten kieltäisi Jaria jäämästä.

– Olin kyllä lähdössä ulos illalla.

– Voisinhan tulla mukaan, tai olisin kyllä kiltisti sun asunnossa. Tunnethan sä mut.

– No jää sitten.

Rasmus ei löytänyt mitään keinoa päästä tilanteesta. Hänestä tuntui, ettei todellakaan tuntenut Jaria, mutta hän ei pystynyt sanomaan sitä ääneen.

Hän oli hermostunut, eikä oikein keskittynyt puhuessaan. Hän pelkäsi Jarin huomaavan, kuinka vaivautunut olo hänellä oli. Kai miehen pitäisi vähemmästäkin huomata, ettei häntä haluttu tänne. Jari käyttäytyi kuitenkin kuin kaikki olisi ihan hyvin.

Rasmus mietti kuumeisesti, mistä tässä on kysymys. On ilmiselvää, että Jari valehteli hänelle. Ei tässä mistään vesivahingosta ole kysymys. Täytyy vain pysyä rauhallisena ja olla uskovinaan tarina.

– Otatko oluen, kysyi Rasmus?

– Hienoa, tästähän tuleekin kiva kaveri-ilta. Mulla on vähän purtavaa kassissa ja muutama kaljakin. Tästähän kehkeytyy oikein kunnon kekkerit.

Miehet olivat siirtymässä keittiön puolelle, kun ovikello soi. Rasmuksen olemus jäykistyi, ja hän huomasi tärisevänsä. Hän ei ollut odottanut poliisien ilmaantuvan paikalle näin nopeasti. Hän yritti mennä mahdollisimman rauhallisen näköisenä ovelle.

Kolme aseistettua poliisia ryntäsi sisään. Jarin silmät revähtivät auki. Hän nousi vaistonvaraisesti ylös ja tunsi, kun jotain lämmintä valui reittä pitkin, mutta hän ei mitenkään keksinyt, mitä se oli.

– Jari Virtanen olet pidätetty. Helvetti kusit allesi! Onko meillä istuinsuojaa autossa?

Marko otti miestä kyynärpäästä kiinni ja kehotti seuraamaan sovinnolla. Jari lähti suosiolla poliisien saattamana.

– En ymmärrä mistä on nyt kysymys, sanoi Jari. Soittelen sinulle Rasmus, kun tämä sotku on selvitetty.

Rasmusta harmitti, että Jari käyttäytyi aivan kuin he olisivat parempiakin kavereita.

– Voisitko tulla kymmeneksi asemalle, tässä korttini. Haluan kysellä sinulta vielä asioita, sanoi Marko Rasmukselle.

Rasmus toivoi, ettei Jari käsittänyt heidän puhuneen aiemminkin.

– Kyllä tulen, vastasi Rasmus. Voisitteko kertoa, mistä tässä on kysymys?

– Emme sen enempää tässä vaiheessa, tutkimukset ovat vielä kesken.

Rasmus jäi yksin asuntoon, ja hän katseli keittiön lattialla olevaa lammikkoa. Sitten hän avasi oluttölkin ja joi pitkin siemauksin. Onneksi on pimeää. Kuinkahan moni talon asukas näki poliisit ja pidätetyn tulevan hänen asunnostaan?

Matkalla poliisiasemalle Marko ajatteli Reetan tapaamista. Hän ei vieläkään voinut uskoa, että nainen oli suostunut kahvitteluun. Markon oli vaikea olla hymyilemättä, vaikka tajusi hyvin olevansa töissä ja tutkittavana oli vakava rikos. Hän pakotti itsensä olemaan ajattelematta Reetaa.

Lindroos oli vastassa asemalla.

– Hyvää työtä pojat. Toinenkin rikos on selvinnyt. Se pikkutyttö, joka oli kadoksissa, on löytynyt Espanjassa. Voisitko Marko ottaa ohjakset käsiisi tässä asiassa? Tiedän että olet tehnyt ympäripyöreitä päiviä, mutta jos hoidat tämän vielä, niin saat vapaapäivän huomenna.

Hienoa, vapaapäivä ja Reetan näkeminen. Asiat eivät ole olleet näin suotuisasti aikoihin. Marko ei ollut ehtinyt syventyä kadonnen tytön tapaukseen, ja hän lähti heti tutkimaan raporttia.

Avatessaan tiedostoa hän tunsi, kuinka kylmät väreet kulkivat kehon läpi. Mitäh? Hän oli näkevinään Saulin nimen tekstissä. Kidnappaaja oli suomalainen Sauli Hietanen. Espanjan poliisi halusi hänestä tietoja. Ei se voi olla Sauli. Sen oli oltava joku samanniminen lapsenryöstäjä. Mukana oli lähetetty syntymäaika ja sekin täsmäsi Saulin syntymäaikaan. Marko sulki sivuston ja juoksi Lindroosin huoneeseen.

– Se lapsenryöstäjä on Sauli tai sitten joku on pöllinyt sen identiteetin. Ei se missään sairaslomalla ole.

Lindroos katsoi Markoa epäuskoisen näköisenä.

– Älä helvetti, ei voi olla totta. Mistä olet sellaista päähäsi saanut? Miksei minulle kerrottu tästä heti?

– Katso itse, espanjalaiset ovat lähettäneet tiedot ja pyytävät yhteistyötä asiassa. Lähettävät Saulin tänne. Jonkun on lähdettävä paikanpäälle hakemaan.

Miehet lukivat tapahtumien kulun ja saivat tietää Saulin olevan syyllinen Amandan katoamiseen. Poliisi oli myös löytänyt asunnosta liput Dubaihin täksi illaksi. Lippuja oli kaksi toinen

Sauli Hietasen nimissä ja toinen Julia Hietasen. Tyttö oli aiottu viedä ulos Espanjastakin. Espanjan poliisi epäili kyseessä olevan suuren kansainvälisen pedofiiliketjun, jonka jäljille oli päästy.

– Tämä on liian paksua. Minä en voi johtaa tätä tutkimusta. Saulihan on mun työpari. Saat luvan ottaa siihen muita.

– Tämä ei kyllä kuulu enää meille. Eihän tästä ole informoitu meitä vielä. Me annamme asian eteenpäin sisäisen tutkimuksen käsiteltäväksi. Tämä on liian rankka osaston hoidettavaksi. Lähetän asian eteenpäin heti. Tule huoneeseeni jutellaan vähän.

Lindroos otti kaapista Johnny Walker pullon ja kaksi lasia. Sitten hän näppäili sisäisen tutkimuksen numeron ja selitti asian. Marko täytti lasit, ja ilta venähti melkein aamuun asti.

Helena heräsi aamuauringon paistaessa sisään makuuhuoneeseen. Oli lämmin, ja hän heräsi pitkästä aikaa hyvän olon tunteeseen. Aamu-uinti houkutteli, ja Helena vaihtoi uimapuvun päälle. Altaalle pääsi keittiön oven kautta. Pian hän ui virvoittavassa vedessä ja tunsi elävänsä unelmaansa. Aurinko oli jo noussut, ja aamu oli vielä hiljainen. Auringon lämpö hemmotteli, ja ilma väreili helteen odottelussa.

Kahvin hän joutui keittämään kraanaveteen, eikä ollut aivan varma, oliko se tarpeeksi puhdasta. Helena päätti kuitenkin ottaa riskin. Pikakahvia oli purkissa kaapissa ja paketti keksejä, joiden päiväys oli jo mennyt. Helena avasi paketin ja nautti terassilla kahvittelusta. Muutamia aikaisia naapureita oli jo lähdössä rannalle tuolien ja päivävarjojen kanssa. Ihmeellisen hyvä olo täytti mielen.

Nyt oli kuitenkin mentävä kauppaan ja täytettävä jääkaappi.

Kävelymatkan päässä oli Mercadona kauppa, jossa oli kaikkea, mitä tarvittiin. Kaupassa ei ollut vielä montakaan asiakasta. On tainnut mennä useimmilla myöhään eilen. Yöt täällä ovat niin maagisia. Syksyllä lempeä ilma hyväili vielä öisinkin.

Helena kosketteli tuoreita tomaatteja ja valitsi punaisimmat, mutta ei liian pehmeitä. Erilaiset tomaatit sujahtivat pusseihin. Pihvitomaatit olivat erinomaisia kevyesti paistettuna yrttien ja oliiviöljyn kanssa. Tavallisia kurkkuja ei ole joka kaupassa, toisaalta avomaankurkut olivat yhtä hyviä. Perunoita piti tutkia tarkkaan. Usein ne olivat kalliimpia kuin kotona Suomessa ja saattoivat olla vihreitä länttejä täynnä. Eivät mullita yhtä tarkasti.

Hinnat ovat niin ihanan halpoja, että voi ostaa fileetä tai kyljyksiä mielensä mukaan. Suomessa on aina seurattava tarjouksia, ja hinnat ovat silloinkin puolet kalliimpia. Ei voi ymmärtää, miksi samat tuotteet ovat puolet kalliimpia Suomessa. Ei pelkkä ilmasto voi selittää kaikkea. Ja sitten leipä täällä, sillä voisi elää, maku on koukuttavaa. Helena osti kolme patonkia eurolla ja päätti pakastaa kaksi. Patongit tuoksuvat taivaallisilta ja olivat vielä lämpimiä.

Kaikki kahvileivät näyttävät syntisen rasvaiselta, ja se pistää miettimään Välimeren dieetin terveellisyyttä. Hyllyt pursuavat croissanteja eri täytteillä. Toisaalta espanjalaiset ovat ohittaneet japanilaiset eliniän odotuksessa. Ehkä se onnentunne syödessä jotain näin taivaallista, lisää tunteja elämään. Helena päätti kuitenkin jättää herkut hyllyyn.

Joni oli sanonut tulevansa puolelta päivin. Odotettiinko hänen keittävän kahvit vai lähtisivätkö he heti kävelylle. Hän päätti ottaa hetken niin kuin se tulee. Rantakassi oli kuitenkin pakattava mukaan. Uimapuku oli vielä märkä. Se taitaa kyllä kuivua hetkessä terassilla auringossa.

Hetken hän poti huonoa omaatuntoa siitä, että oli niin onnellinen, vaikka Sanna ja Amanda olivat kokeneet kovia. Reetakin oli hänen mielessään. Kuinka paljon hän on tiennyt asiasta. Miten voi olla tietämättä oman puolison tekemisistä. Kyllä jotain merkkejä on oltava näkyvissä. Toisaalta on kyllä sairaita ihmisiä, jotka osaavat manipuloida ja peittää taidollisesti todelliset motiivit tekoihinsa.

Hänen mieleensä tuli oma suhde Sannan isään. Hän ei ole koskaan ymmärtänyt sitä, mikä johti miehen lähtemiseen. Hän oli ollut yhdeksännessä kuussa raskaana. Mies ei ollut puhunut mitään lähtemiseen viittaavaa, eikä Helena ollut aavistanut jäävänsä yksin raskauden lopussa. Tuntui kummalliselta, että hän ei ollut saanut selitystä milloinkaan. He eivät olleet kohdanneet toisiaan avoimesti. Nuorena sitä usein vain reagoi asioihin, tietämättä omia syvempiä syitä käytökseen. Ehkä hän oli tietämättään työntänyt miehen ulos elämästään.

Mikään ei saisi pilata tätä hetkeä. Hän oli odottanut tätä hetkeä niin kauan, ehkä koko elämän. Elämä tuntui täydeltä. Ilma oli täynnä tuoksuja ja ääniä, jotka saivat Helenan pysähtymään. Koko kroppa oli täyttymässä hyvällä energialla. Helena katsoi itseään peilistä tavallista tarkemmin. Pitkään aikaan hän ei ollut välittänyt sen kummemmin ulkonäöstään. Nyt hän näki itsensä miehen silmin. Hän oli aika hyvin säilynyt ikäisekseen, ei paljonkaan ryppyjä, paitsi naururypyt silmäkulmissa. Helena oli aina ajatellut, että hänellä oli jonkinlainen salainen viehätysvoima, jonka hän näki itsekin hetkellisesti. Se ei ollut ulkoista, vaan jotain mikä hehkui silloin, kun hän oli sopusoinnussa itsensä kanssa. Hän näki sen vieraiden ihmisten silmissä tavasta, jolla he katsoivat häntä.

Miehen tapaaminen sai ilman väreilemään jännityksestä. Olisiko hänen kanssaan päivälläkin yhtä mukava olla kuin illalla baarissa?

Joni koputteli ovella ja Helena meni avaamaan. Mies tuntui edelleen viehättävältä. Helena oli miltei toivonut pettyvänsä toiseen tapaamiseen. Se olisi helppo tie ulos. Nyt mies herätti hänessä eloon tunteita, joita hän oli vältellyt parhaansa mukaan. Olihan hänellä miespuolisia ystäviä, mutta he eivät ole herättäneet hänessä minkäänlaista kipinää.

– Lähdetäänkö heti vai onko sinulla muita suunnitelmia, kysyi mies, katsoen Helenaa syvälle silmiin. Helenan oli pakko kääntää katse pois. Hengitys salpaantui, ja veri kohisi kehossa. Mies veti magneetin tavoin puoleensa.

– Otan vain rantakassin mukaan. Haluaisitko ensin kahvia tai jotain?

– Voitaisiin mennä rantakahvilaan Cavalle, kun on ensimmäinen lomapäiväkin.

– Joo, mennään vaan.

Helena huokaisi helpotuksesta. Olisi helpompi olla miehen kanssa ulkona ihmisten ilmoilla kuin asunnossa. Tunnelma oli niin intensiivinen. Kyllä se tästä rauhoittuu, kun opin tuntemaan häntä. Ensimmäiset väärät asenteet ja tunteet tasoittuvat.

He lähtivät kävelemään rantaa kohti ja ihastelivat kukkaistutuksia talojen sisäänkäynneillä. Talot olivat niin luokseen kutsuvia, että Helena unelmoi miltei jokaisen kohdalla, millaista olisi asua talossa. Mies nauroi Helenan innostukselle.

– Sinun pitää tulla kylään luokseni Los Balconesiin, olisi kiva nähdä, mitä pidät siitä alueesta. Onhan se kauempana rannasta kuin tämä alue, mutta sillä on oma viehätyksensä. Lähellä on myös suolajärvi, jonne voisi mennä kylpemään. Se tuntuu mahtavalta. Suolaa on niin paljon, että voi kellua pinnalla. Vaikka nykyään siitä nautinnosta taitaa saada mehevät sakot.

Helenaa hymyilyttivät miehen suunnitelmat. Hän oli mielellään mukana niissä.

Ravintola Nautilus oli aivan rannan tuntumassa. Siitä oli tullut kaksikerroksinen viime näkemältä. Rannan läheisyyteen oli Helenan hämmästykseksi noussut uusia korkeita luksus kerrostaloja.

– Olen ollut täällä aiemminkin, silloin ei ollut noita korkeita taloja.

– Venäläiset rakentavat tännekin paljon uutta. Täällä oli mainos kyltitkin asunnoista vain venäjäksi ensiksi, sanoi mies. Huhutaan että Putinillakin on asunto jossain täällä. Ystävät katselevat ympärilleen Mercadonassa. Ties vaikka olisi itse Putin ruokaostoksilla. Olen kuullut, että Eu:n ulkopuolelta tulevat saisivat puolen vuoden oleskeluluvan vuosittain Espanjaan silloin, kun he ostavat asunnon täältä. Siksi täällä on varmaan niin paljon venäjää puhuvia. Se oli yksi Espanjan keinoista ratkaista asuntobuumin rojahtamisesta aiheutunutta tyhjien asuntojen ongelmaa.

He saivat mukavan ikkunapöydän. Meri avautui valtavana, ja aallot iskivät voimalla rantakivikkoon. Rannalla kivikossa eriväriset kuivanmaan kasvit kukkivat punaisen ja oranssin sävyisinä. He tilasivat Cavaa ja saivat myös tapakset, tällä kertaa leipää chorizolla. Helena rakasti maustettua chorizoa ja söi hyvällä ruokahalulla. Mies kertoi ostaneensa kymmenen vuotta aiemmin asuntonsa ja käyneensä täällä niin usein kuin vain voi. Nyt hän oli jäämässä eläkkeelle ja suunnitteli asuvansa täällä talvet.

– Kaikilla on tarinansa, mikä on sinun, kysyi mies?

Helena hämmentyi noin suorasta kysymyksestä. Koko elämä yritti tunkeutua yhtä aikaa päähän.

– Ei mitään mielenkiintoista, vastasi Helena, paitsi että minulla on tytär, joka on jo aikuinen. Hän asuu poikaystävänsä kanssa. Minä opettelen asumaan itsekseni.

– Kaikki sinussa on mielenkiintoista. Aloita alusta.

– Se on pitkä tarina, tai voin kyllä kertoa lyhyenkin version, nauroi Helena.

– Kyllä meillä taitaa olla aikaa pitkään versioon, vastasi mies. Vai milloin lähdet takaisin Suomeen?

– Minulla on kahden viikon loma, nauroi Helena, mutten halua käyttää sitä puhumalla itsestäni. En ole tottunut sellaiseen.

– No, nyt on sitten aika aloittaa totutteleminen, painosti mies.

– Aloita sinä ensin niin otan mallia, antoi Helena takaisin.

Iltapäivä kului nopeasti heidän kertoessa toisilleen asioita itsestään. Helena ei ollut aiemmin kokenut kenenkään miehen kuuntelevan niin keskittyneesti, mitä hän sanoi. Mies oli kummallisen läsnä oleva, ja se sai hänet tuntemaan itsensä arvokkaaksi. Helena ei halunnut illan loppuvan, ja se huolestutti häntä hieman.

Kun aurinko alkoi laskeutua, he lähtivät kävelemään kotiinpäin. Rantakassi keikkui avaamattomana Helenan käsivarrella. Illan lempeys oli kuin samettikangas iholla, niin pehmeä, että siihen halusi hieroa poskensa.

Marko näki, että Reeta oli lähettänyt hänelle viestin. Hän avasi sen nopeasti. "Minulla olisi asiaa. Voisitko tulla käymään heti kun ehdit"?

Marko näppäili vastauksen. "Olen tulossa".

Hän oli ottanut vastuulleen Reetan kanssa juttelemisen. Lindroosin mielestä se oli parasta, kun he tunsivat jo ennestään toisensa. Oli todella kuormittavaa saada tällaisia uutisia aviomiehestään. Lindroos oli kehottanut Markoa ottamaan yhteyttä terapeuttiin, jos Reetalla olisi tarvetta siihen.

Reeta avasi Markolle oven ja oli silmin nähden hätääntynyt.

– En tiedä kenen puoleen kääntyä. Anna anteeksi, että sotken sinut tähän, mutta en tiedä, mitä muuta voisin tehdä, alkoi Reeta ja purskahti itkuun. Tule katsomaan, mitä olen löytänyt Saulin huoneesta. En voinut olla tutkimatta hänen huonettaan. Hän kun on niin salaperäinen. Katso täällä kaapissa on kasoittain rahaa laatikoissa. Mistä Saulilla on tällaisia summia? Ottaako hän vastaan lahjuksia? Mitä siellä teillä oikein tapahtuu?

Marko kirjasi hämmästyneenä mieleensä tosiasian, että Reeta ei nukkunut samassa makuuhuoneessa Saulin kanssa. Jostain syystä se tuntui tärkeämmältä kuin se, mitä Reeta oli kertomassa.

– Reeta, ota rauhallisesti. Tule istumaan tänne olohuoneeseen. Minulla on sinulle jotain raskasta kerrottavaa. Oletko kuullut uutisissa, että eräs pikkutyttö katosi pihaltaan? Sauli on pidätetty Espanjassa pikku tytön kidnappauksesta. Olen todella pahoillani. Minun on vain sanottava asia, niin kuin se on. Reeta pudisti päätään ja katsoi Markoa epäuskoisesti.

– Lapsenryöstö, miten se voi olla mahdollista?

Kyyneleet alkoivat vieriä pitkin poskia.

– Hän on sairaampi kuin osasin uskoa. Miten en ole nähnyt sitä? Tiesitkö sinä jotain tästä?

Reetan koko olemus kävi tyhjäkäyntiä. Hädin tuskin hän pystyi hengittämään. Hetkittäin hän ymmärsi, mitä Marko sanoi, mutta kylmä totuus hajotti ajatukset.

– Miten tytön on käynyt? Kaikki on ollut valhetta, kulissia. Reetan sisällä kiehui. Hän tunsi, kuinka viha nousi sisältäpäin ja sumensi hänen päänsä. Ja minä olen leikkinyt kotia hänen kanssaan. Entäs Julia...? Reetan sisällä kasvoi hätä, ja järkytys rikkoi kaiken sen eheyden, joka oli ollut vielä tallessa.

– Espanjan poliisi epäilee, että Sauli on mukana ihmissalakuljetusrenkaassa. Ei ole merkkejä siitä, että tyttöä olisi käytetty hyväksi. Hän on jo Suomessa vanhempiensa luona. Enempää en voi paljastaa. Tutkimukset ovat vielä kesken.

Reeta alkoi uudelleen itkeä. Marko kietoi kätensä Reetan ympärille.

– Poliisi tutkii kyllä rahojen alkuperän, sanoi Marko.

– Julia on äidin luona. Jäätkö luokseni? En kestä olla yksin.

– Sinun ei tarvitse enää koskaan olla yksin. Kyllä tästä selvitään. Ei anneta pahan tuhota enempää. Rakennetaan uutta raunioille.

Reeta itki vähän väliä yöllä, ja Marko piti vain tiukasti kiinni hänestä, kunnes uni tuli aamuyöllä.

Amanda, Samir ja Tuija saivat lähteä kotiin. Amanda oli silmin nähden onnessaan saadessaan olla isänsä kanssa. Tyttö oli aina välillä kysellyt, milloin isä tulisi kotiin? Jesper taas oli niin pieni, ettei muistanut isäänsä. Amanda oli usein halunnut katsella valokuvia isästä. Ehkä hänen muistonsa isästä ovatkin enemmän Tuijan kertomuksista ja kuvista kuin todellisista muistoista.

Kotona Amanda juoksi suoraa päätä omaan huoneeseensa leikkimään leluillaan.

– Onkohan Mollalla ollut minua ikävä, kyseli Amanda. Minä sain apinan lentokentällä, ja me matkustimme melkein Afrikkaan. Nyt se jäi sinne, mutta varmaan sillä on ikävä minua.

– Varmasti Molla ikävöi sinua, kun kukaan ei leikkinyt sen kanssa, vastasi Samir.

Amanda katsahti isäänsä ja hymyili leveästi.

– Oliko sinulla minua ikävä siellä mummolassa? Minulla oli ainakin ikävä sinua. Eikö mummo halunnut, että sinä tulet tänne? Onko hän nyt ihan yksin siellä? Eikö mummokin voisi tulla tänne meidän luo? Voitaisiin olla yhdessä, eikä kukaan olisi yksin.

Samiria liikutti tyttären mietteet.

– Kyllä mummo siellä pärjää. Älä huolehdi. Leiki vain rauhassa.

Samir ei halunnut kuormittaa lasta, sillä tosiasialla, että vanhat ihmiset monissa maissa olivat riippuvaisia lapsistaan. Kun lapset muuttavat ulkomaille, jäävät vanhukset ilman turvaa ja läheisyyttä. Näin oli myös Amandan mummin kanssa. Onneksi hän oli vielä terve.

Tuija ja Samir eivät halunneet enää kysellä matkan tapahtumisista Amandalta. Tyttö ei tuntunut olevan tietoinen vaarasta, jossa hän oli ollut. Parempi kun hän ei tiedä, mitä oli tapahtumassa. Sellainen totuus olisi liian paljon pienen lapsen kannettavaksi. Pelkkä tietoisuus sellaisen pahuuden olemassaolosta voi rikkoa lapsen tunne-elämän. Hänen on saatava kasvaa turvassa.

– Haluan Tuija tulla takaisin. Tein suuren virheen, kun lähdin. Voitko antaa minulle milloinkaan anteeksi.

– Tähän liittyy muutakin, mitä et tiedä. En tiedä, miten suhtaudut tosiasioihin. Minä puhuin niiden poliisien kanssa ja näyttää siltä, että mies, joka vei Amandan, on sama, jota tapailin muutamia kertoja. Hän on koulukaverini lukiosta. En ole kertonut sinulle, että tapailin häntä, koska en uskonut sinun välittävän. Sitä paitsi olen ollut kauan yksin, eikä se ole aina mukavaa. Kaipasin aikuista seuraa.

Samir näytti surkealta.

– Miten et huomannut, että miehellä oli huonot aikeet?

– Hän on poliisi, vastasi Tuija puolustellen. Ei poliisit kidnappaa pikkulapsia. Eikä hän osoittanut mitenkään erityistä huomiota Amandalle. Todennäköisesti hän valitsi minut seurakseen vain Amandan takia. Olin hölmö, kun luulin, että hän on minusta kiinnostunut. Enhän minä sinullekaan ollut tarpeeksi, vaikka meillä on kaksi lasta.

– Tuija rakas, sinä ja lapset olette olleet parasta elämässäni. Minulla on ollut todella vaikeaa nähdä omat ongelmani. Kahden kulttuurin välissä oleminen ei ole ollut minulle helppoa. Kun asuin täällä, olin heikoilla jäillä koko ajan. Uudet tavat ovat helpompi omaksua kuin ymmärtää erilaisia arvoja. Täällä arvostetaan monesti asioita, jotka sotivat minun kasvatustani vastaan. Nyt olen kypsempi miettimään, miten itse haluaisin elää.

Kun palasin takaisin kotimaahani, näin monet asiat eri tavalla. Opin arvostamaan, sitä vapautta, mikä täällä on ihmisillä. Oikeutta omaan elämään. Minun kulttuurissani mennään naimisiin puolison koko suvun kansa, täällä vain vaimon. Yksinäisyys vaivasi minua ennen. Nyt ymmärrän asioita paremmin.

– Minäkin olen ehkä oppinut jotain tänä aikana, vastasi

Tuija. Viime ajan tapahtumat eivät kyllä vahvista asiaa. En osannut olla oma itseni kanssasi. Mukauduin liikaa ja voin siksi huonosti. Kasvoin perheessä, jossa riideltiin jatkuvasti. En halua olla kuten vanhempani. En ole halunnut omien lapsieni kuulevan aikuisten riitoja. Asioista olisi pitänyt puhua avoimesti, vaikka oltaisiin eri mieltäkin. Ei muutoin voi tietää, mitä toinen tarvitsee.

– Mitä vastaat, saanko toisen mahdollisuuden, tinkasi Samir?

Tuija oli satoja kertoja kuvitellut tämän tilanteen. Hän oli nauttinut suuremmaksi osaksi heidän yhdessä olostaan. Samirilla on vahvat perhearvot, joita hän piti kunniassa. Sen huomasi, että hän tuli ehyestä perheestä, jossa asioista oli huolehdittu.

– En voi kuvitella, että heti muuttaisit takaisin. Olen jo tottunut asumaan yksin lasten kanssa. Minun mielestäni meillä on paljon selvitettävää. Se puhumattomuus oli kauheaa, enkä enää koskaan halua elää sellaisessa suhteessa. Sinä olet tottunut huolehtimaan pikkuasioistakin, ja ne ovat sinulle tärkeitä. Minä koen sen kontrolliksi ja haluan omaa tilaa. Siksi vetäydyin puhumattomuuteen, koska sinne et voisi tulla järjestelemään asioita.

Katsotaan, jos jäät tänne niin voitaisiin mennä perheterapiaan juttelemaan. Ensin on selvitettävä, miksi meidän suhde meni umpisolmuun.

– Tiedät, mitä ajattelen vieraille ihmisille puhumisesta, mutta jos haluat niin tulen. Teen mitä vain, jotta saan perheeni takaisin. En halua lasteni kasvavan ilman isää.

– En halua olla yhdessä vain lasten takia. Se on liian iso taakka lapsille. Kyllä sinä voit olla osana lasten elämää, vaikka asuisit veljesi luona. Voitaisiin vaikka heti sopia, milloin voit pitää lapsia. Jesper on jo siellä ja voisit hakea Amandankin huomenna. Olet upea isä, sitä en kiellä. Sinun on kuitenkin luvattava, ettet taas katoa jäljettömiin. Sitä eivät lapset kestäisi toista kertaa.

Tuija huokasi väsymyksestä.

– Minä olen ihan poikki. Tämä on ollut elämäni kauhein kokemus.

Samir veti Tuijan lähelleen sohvalle, ja he istuivat siinä ääneti. Pian Amanda kömpi heidän väliinsä. Tyttö nukahti siihen. Samir kantoi hänet hellästi sänkyyn.

– Pärjäätkö sinä nyt yksin, jos lähden?

– Mene vain. Tulkaa Jesperin kanssa aamiaiselle. Voisin tehdä lettuja.

Samir hymyili ensimmäisen kerran Suomeen tulonsa jälkeen.

Sanna heräsi ahdistavaan tunteeseen. Kesti hetken aikaa, ennen kuin hän muisti, mitä oli tapahtunut. Uhriksi hän ei jaksa alkaa. Hän katsoisi asioita suoraan silmiin, maksoi, mitä maksoi.

Ovikello soi ja Sanna päätti, ettei avaa ovea Fadille. Keskustelu ei tässä vaiheessa luista rauhallisesti. Oven takana oli kuitenkin Leyla. Hän oli aina yhtä kaunis eksoottinen tuulahdus maailmasta, joka kiehtoi salaperäisyydellään. Sanna avasi oven.

– Hei! Mitä sinulle kuuluu? Kuulin että olette riidelleet. Mistä oikein on kysymys? Fadi on kauhean onneton. Teillähän on mennyt niin hyvin. Olemme kaikki olleet iloisia, kun hänellä on sinut. Ei pikku erimielisyyksien takia kannata muuttaa pois kotoa. Voisimme kaikki yhdessä pohtia ratkaisua teidän ongelmiin.

– Tiedätkö, että Fadi syytti minua Amandan katoamisesta. Silloin kun olisin tarvinnut häntä eniten, hän kääntyi minua vastaan. Minkälainen elämä minulla olisi hänen kanssaan, kun hän ei pysty yhtään ymmärtämään, miltä minusta tuntuu?

– Tiedän, ettei hän ole niitä empaattisimpia miehiä, vastasi Leyla, mutta hän yrittää. Meidän kulttuurissa menee miehen tarpeet liiankin usein naisen tarpeiden edelle. Miehillä on paljon opittavaa. Meidän suvussa vanhemmat ovat kuitenkin kohdelleet meitä erittäin tasa-arvoisesti. Etkö voisi sopia vielä. Ei ole hyvä, että olet muuttanut pois.

– Hän ei ole edes kertonut vanhemmilleen, että asumme yhdessä. En halua elää oloissa, jossa minua ei edes uskalleta näyttää vanhemmille. Joudun antamaan liian paljon pois tässä suhteessa. Pidän teistä, ja sinä olet ollut minulle tukena ja apuna monta kertaa. En kuitenkaan voi mitään tunteilleni.

– Kyllä hän kertoo sinusta aikanaan. Hänen isänsä on hieman vanhoillinen ja haluaisi päättää lastensa asioista. Mitä sanon Fadille?

– Hänkö sinut lähetti? Sano että voimme jutella myöhemmin.

Tarvitsen aikaa miettiä. Soitan hänelle sitten, kun jaksan puhua hänen kanssaan.

– Et kyllä nyt ajattele yhtään häntä. Ei pieniä vaikeuksia kannata paeta. Jokainen olisi eronnut, jos ei pysty kestämään yhtään hankaluuksia. Niitä on kaikissa suhteissa. Odotahan vain, kun on lapsiakin. Silloin kaikki mutkistuu joka perheessä. Olen kotona, jos halua jutella vielä kanssani.

– Tämän parempaan en nyt pysty.

Sannasta ajatus hankkia lapsia muutenkin vaikeaan suhteeseen oli kauhistuttava, lapsiparat.

Leyla lähti halaamatta Sannaa. Jotain arvokasta, eksoottista ja jännittävää lipui hänen sormiensa läpi. Silloin hän tiesi, ettei enää koskaan asusi Fadin kanssa. Se haavekuva, joka hänellä oli elämästä miehen kanssa, ei ollut todellinen. Todellisuus murensi sen hajalle.

Jari ei murtunut painostuksessa. Häneltä kysyttiin uudelleen ja uudelleen samoja asioita. Hän ei saanut soittaa, eikä tavata muita kuin kuulustelijoita. Poliisit olivat kovia, säälimättömiä ja määrätietoisia. Hän yritti vedota heidän tunteisiinsa, mutta he olivat saaneet hänet nurkkaan.

Sormenjäljet kännykässä olivat Jarin. Tunnustusta ei kuitenkaan vielä odoteltu, koska Jari jankutti tinkimättömästi samoja propagandistisia fraasejaan. Hän oli isänmaan pelastaja, eikä rikollinen. Poliisien pitäisi olla vahtimassa rajoja, eikä hukata aikaa häneen. Nyt päästetään maahan rikollisia ja terroristeja. Tuhannet olivat maassa laittomasti. Monet olivat menneet täältä Ruotsin kautta muualle Eurooppaan ja tekivät terroritekoja silläkin. Jarin puheet eivät perustuneet tosiasioihin. Totta oli kuitenkin, että kansainväliset, Eu:n sisäiset rikosliigat toimivat nyt myös kaikkialla pohjoismaissa.

Markon tiimi teki yhteistyötä kansainvälisen terrorismin vastaisen yksikön kanssa. Hän luotti työnsä tuottavan tuloksia. Terrorismin kartoittaminen ja potentiaaliset rikolliset olivat tarkasti poliisin seulonnan kohteena. Poliisin toiminta oli hyvin koordinoitua, ja terrorismin torjuntaa pidettiin yhtenä tärkeimmistä yhteistyön kohteista Pohjoismaiden ja koko Euroopan sisällä.

Talous oli saatu nousuun vaikeuksien jälkeen nuorentuneen ahkeran työvoiman turvin. Monet uudet asukkaat olivat tottuneet vaikeisiin olosuhteisiin ja ovat joutuneet taistelemaan arkisen elämän puolesta. Hyvät työolosuhteet ja säännöllisesti maksetut palkat lisäsivät kiitollisuutta uutta kotimaata kohtaan. Enemmistö tulokkaista oli sopeutunut hyvin uusiin olosuhteisiin. Ammattitaitoista työvoimaa oli alettu käyttää ennakkoluulottomasti. Uudet tulokkaat saivat yksilöllisen nopean koulutuksen työpaikkoihin, joihin oli huutava pula työntekijöistä. Työnantajat ja valtio olivat hedelmällisessä yhteistyössä kustannusten jakamisessa. Tämä näkyi talouden kasvuna ja syrjäytymisen vähenemisenä.

Oli kritiikitöntä niputtaa yhteen eri kansallisuudet ja leimata heidät kaikki rikollisiksi. Rikollisia yksilöitä oli joka kansassa, ja rikolliset oli saatettava vastuuseen teoistaan riippumatta kansallisuudesta. Keskustelu kulttuuritaustan ja sodassa kasvamisen vaikutuksesta rikollisuuteen käy kuumana. Väkivallanteot maahanmuuttajia kohtaan olivat lisääntyneet koko Euroopassa. Marko tiesi, että työt eivät lopu, mutta suunta oli oikea. Päätä ei saanut pistää pensaaseen. Uskonnostakin oli uskallettava puhua avoimesti, asiallisesti ja loukkaamatta. Ääripäitä oli kaikissa uskonnoissa. Oli aina olemassa ihmisiä, jotka tarvitsivat keppihevosen pönkittämään omia käsityksiä.

Rikostutkijat keskittyivät nyt Jarin seuraajien kartoittamiseen, jotta tulevilta viharikoksilta vältyttäisiin. Alue oli kuitenkin niin harmaa, että ilman yleisön vinkkejä on vaikeaa päästä eteenpäin. Resurssit ovat pieniä, ja Marko pohti usein keinoja, joilla voitaisiin estää asioiden kärjistyminen ja henkirikokset. Ainahan puhutaan, että jo päiväkodissa ja koulussa näkyy ne lapset, jotka tarvitsevat tukea. Asioiden annetaan vain jatkua liian kauan, joskus kohtalokkain seurauksin. Olisi erityisen tärkeää nähdä ja puuttua jo koulussa esiin tuleviin ongelmiin. Yhtä tärkeää kuin oppia lukemaan on toisten kunnioittaminen ja sosiaaliset taidot. Toisten asioihin puuttumista vältetään turhankin paljon. Kaikki tietävät ja näkevät laiminlyömisen, mutta se on kuin keisarin uudet vaatteet, ollaan kuin ei huomattaisi todellisuutta.

Markon ajatukset harhailivat eiliseen ja viime yöhön. Reetan kanssa koettu läheisyyden lämpö oli seurannut häntä koko päivän.

Marko mietti syyllisyydentuntoisena suhdettaan Sauliin. Olihan hän huomannut Saulin olevan kykenemätön empatiaan, mutta ei hän olisi ikinä uskonut tällaista pahuutta hänessä. Hän ei ollut osannut yhdistää Saulin tekemisiä rikollisuuteen. Sauli oli aina ollut itsekeskeinen. Siihen oli totuttu. Hän oli jollain tavoin jopa salaa ihaillut Saulin tapaa ottaa tilaa. Se oli jotain, mikä häneltä itseltään puuttui. Millainen tutkija hän itse oikein oli, kun ei edes nähnyt, mitä silmien edessä oli tekeillä? Joskus hänellä oli ollut aavistus jostain tummanpuhuvasta kylmyydestä ja pahuudesta, mutta hän oli karistanut tunteen saman tien pois. Kansainvälinen ihmissalakuljetusketju ja hänen työparinsa on ollut mukana siinä! Marko tunsi pahuuden kosketuksen, ja häntä puistatti. Kun asiat tulevat henkilökohtaisiksi, ymmärtää niiden todellisen luonteen.

Reeta käveli ostoskeskuksen käytäviä, ja hänen silmänsä osuvat iltapäivälehden lööppiin. Pommi iskusta selviytyneet nuoret kertovat kokemuksestaan. Reeta käveli kioskille ja osti lehden. Hän muisti elävästi päivän, jolloin pommi-isku tapahtui. Hänkin olisi voinut olla silloin kahvilassa. Se oli Julian ja hänen lempikahvila.

Nuoret, Rafael ja Sofia, olivat opiskelijoita Espanjasta, läpikulkumatkalla Aasiaan. Rafael kertoi, ettei hän muistanut mitään itse räjähdyksestä, mutta sitä seuranneet pienet yksityiskohdat palautuivat mieleen koko ajan. Ensimmäinen muisto oli Sofian hämmästynyt katse. Kaikki oli pysähtynyt. Jostain kaukaa oli kuulunut kirkaisuja ja huutoa, mutta se ei ollut koskettanut häntä. Ei räjähdyksen ääntä, ei lasinsirpaleita, ei kipua, ne eivät saavuttaneet Rafaelin tajuntaa. Hän oli nähnyt lasinpalasen reidessään ja vetänyt sen hitaasti ulos. Kaikki oli pysähtynyt. Veri pulppusi haavasta ihmeellisen hitaasti. Rafael oli tuntenut jotain lämmintä virtaavan poskeaan myöten, ja hän tunnusteli sitä kädellään. Sitten sekunnissa maailma räjähti takaisin kulkuunsa. Mieletön kipu levisi reidestä koko kroppaan. Kipu oli saanut ajatukset hajoamaan. Sofia makasi lattialla, eikä liikkunut lainkaan. Mies oli raahautunut Sofian luo ja huutanut apua paikalle.

Pian paikalle olikin tullut sairaanhoitajia ja lääkäri. Rafael oli nähnyt vanhemman miehen myös makaavan maassa. Miehen pää oli verenpeitossa.

Ihmiset olivat juosseet paniikissa. Täydellinen sekasorto vallitsi paikalla. Uteliaat sivustakatsojat olivat uskaltautuneet jäämään katsomaan katastrofia ja ottamaan kuvia. Poliisi oli kuitenkin eristänyt paikan nopeasti.

Sofia oli viety suoraan leikkaukseen. Lääkärit kertoivat hän tilansa olevan vakaa. Lasinpalaset olivat tehneet vahinkoa, ja leikkaus kesti melko kauan. Rafael oli saanut vain pinnallisia haavoja ja pääsi saman tien paikattavaksi.

Rafael ja Sofia olivat tunteneet toisensa melkein koko elämän. Yhdessä sekunnissa kaikki oli muuttunut. Rafael oli pitänyt heidän elämäänsä itsestäänselvyytenä. Hän aikuistui sekunnissa kymmenillä vuosilla. Kuoleman läheisyys sai elämän arvoonsa. Kaikki tuntui niin pakahduttavan elävältä ja ihmeelliseltä. Se itsestäänselvyys, joka oli turruttanut elämää, oli poissa. Joka hengähdys tuntui arvokkaalta ja ainutkertaiselta.

Sofia oli vielä kalpea ja heikon näköinen. Tyttö kertoi näkevänsä painajaisia joka yö pommituksesta. Pelko elämän arvaamattomuudesta oli lamaannuttava. Hän halusi palata kotiin välittömästi.

– Miksi juuri me jouduimme kokemaan tämän. Kaikista sadoista ihmisistä juuri me. Nyt pelko ei väisty. Tuntuu, että mitä vain voi tapahtua, milloin vain. Miksi tällaista pahaa on olemassa? Millainen ihminen tekee tällaista? Luulin, että Suomi on turvallinen maa.

Sofia kertoi, että kolmas uhri oli suomalainen eläkeläinen. Mies oli sokeutunut. Hän oli juuri tullut leskeksi ja oli totutellut asumaan yksin, nyt elämää oli jatkettava pimeydessä.

Reetaa kosketti syvästi nuorten kertomus. Hän jakoi saman pelon tulevaisuudesta Sofian kanssa, mutta halusi kaikesta huolimatta kulkea kohti uutta luottamusta elämää kohtaan.

Sanna lähti hakemaan vaatteitaan Fadin asunnosta. Olisi parempi selvittää asiat heti. Hetken epäröityään Sanna soitti Leylalle ja kysyi, jos tämä voisi tulla mukaan. Leyla ei innostunut asiasta ja toivoi, että kaikki serkukset kutsuttaisiin koolle, ja yhdessä mietittäisiin, mikä olisi parasta tässä tilanteessa. Hän pyysi, että Sanna miettisi vielä asiaa. Heidän kulttuurissaan sukulaiset yhdessä päättivät, miten avio-ongelmat ratkottiin. Sanna kieltäytyi hämmentyneenä ehdotuksesta. Miten toiset voisivat muuttaa, sitä tosiasiaa, että heillä oli erilaiset arvot. Miten Fadin sukulaiset voisivat ymmärtää häntä. Hän ei pystynyt uskomaan, että mitään voisi muuttua.

Hän lähti yksin ja toivoi, ettei Fadi olisi kotona, koska ei luottanut siihen, että mies pysyisi rauhallisena. Sanna käveli verkkaisesti kohti ulko-ovea. Ahdistava olo sai Sannan miettimään omia valintojaan. Miten on voinut olla suhteessa toiseen, kun on joutunut aina olemaan varuillaan ja yhdessäolo on nostattanut tällaista ahdistusta? Välillä oltiin kuin taivaassa. Silloin mies ympäröi Sannan ihmeellisellä lempeällä huomioon ottamisella ja lahjoilla. Silloin aina luuli, että se ei koskaan lopu. Seuraavassa hetkessä miehen mieliala saattoi synketä, ja kritiikki kaikista pikkuasioista tihkui ulos kuin myrkky.

Sanna soitti ensin ovikelloa ja avasi sitten oven omalla avaimella. Hän näki miehen istuvan sohvalla.

– Hei! Tulithan sinä. Olisit soittanut, niin olisin tullut hakemaan autolla.

Mies oli niin kuin mitään ei ollut tapahtunut.

– Tulin vain hakemaan tavaroitani. En viivy kauaa.

– Älä nyt viitsi jatkaa enää. Mehän ollaan aina oltu onnellisia yhdessä. Älä anna pikkujuttujen pilata kaikkea. Mikä sinua oikein vaivaa?

– Siinä se on pähkinänkuoressa. Sinussa ei ole yhtään virhettä, kaikki on minun syytäni. Sovitaan niin. Siksi en ole hyvä sinulle. Löydät jonkun sopivamman. Minä voin huonosti, ja se on sinulle vain pikkujuttu, joka minun pitäisi unohtaa.

– Mutta tiedäthän, että minä en halua muita. Haluan sinut.

Sanna olisi halunnut vain lähteä ulos ja pyyhkiä pois koko suhteen mielestään. Oli toivotonta yrittää saada mies ymmärtämään, mistä oli kysymys.

– En aio olla suhteessa, jossa minä olen vain toisen jatke, tarkoitettu täyttämään sinun tarpeesi. Et näe minua lainkaan, etkä ole kiinnostunut siitä, miltä minusta tuntuu ja mikä on minulle tärkeää. Meillä on ihan erilaiset käsitykset asioista, ja loppuelämä olisi köydenvetoa, jossa kumpikaan ei anna periksi. Joudun koko ajan sopeutumaan sinun mielipiteisiisi ja asenteisiisi tai muuten kuulen tasaista kritiikkiä. Haluan olla vapaa. Sinun mielialasi hallitsevat minun elämääni.

Sanna keräili vaatteitaan ja viikkasi niitä matkalaukkuun. Samalla hän tarkkaili miestä herkeämättä. Mies näytti surulliselta. Hän näytti lysähtävän kasaan.

– Olen pahoillani. En halua loukata sinua, mutta minun on pakko lähteä. En pysty hengittämään täällä.

Sanna jätti avaimen pöydälle ja jännitti miehen reaktiota. Sitten hän sulki laukun ja käveli ovelle. Mies ei katsonut häneen. Sannan olisi tehnyt mieli mennä lohduttamaan häntä, mutta hän tiesi, että se olisi suuri virhe. Mies tulkitsisi sen väärin. Kun ovi sulkeutui hänen perässään, Sanna tunsi ennen kokematonta helpotusta ja vapauden riemua.

Helena sai tekstiviestin "Lopetin suhteen Fadin kanssa. Saanko tulla luoksesi toistaiseksi asumaan"? Helena tekstasi takaisin "Totta kai, niin pitkäksi aikaa kuin haluat. Miten voit? Onko ollut vaikeaa"? "Tuli opittua paljon itsestä. Kaikki on hyvin. Olet rakas". "Niin sinäkin, voimia sinulle, nähdään pian".

Helena oli surullinen siitä, että tyttö joutui kokemaan pettymyksiä jälleen. Kasvukivut kuuluivat kuitenkin elämään. Hän oli ylpeä tyttären kyvystä ottaa oma elämä hallintaan, eikä jäädä huonoihin olosuhteisiin uhraamaan kallisarvoista nuoruuttaan suhteessa, jolla ei kuitenkaan ollut tulevaisuutta.

Helena oli lähdössä Jonin luokse Los Balconesiin. Se oli kävelymatkan päässä, ja Joni oli selittänyt tarkkaan, mitä teitä pitkin Helena pääsisi parhaiten. Mies oli luvannut laittaa iltapalaa, ja se oli samettia Helenan korville. Hän ei muistanut milloin kukaan mies olisi kokannut hänelle. Ei varmaankaan koskaan. Hän ei muistanut nähneensä isäänsäkään keittiössä.

Ilta oli tyyni ja lämmin. Pian suolajärvi erottui talojen takaa, ja Helena käveli asuntoalueelle. Talot olivat enimmäkseen kaksikerroksisia, ja niissä näkyi olevan kattoterassit. Numero 35 oli valkokalkittu paritalon puolikas. Helena soitti ovikelloa ja huomasi olevansa liian aikaisin paikalla. Matka oli ollut lyhyempi kuin hän luuli. Hän ei halunnut vaikuttaa liian innokkaalta.

Mies avasi oven. Ystävälliset silmät ja miehen lämmin hymy yllättivät jälleen Helenan.

– Ajoissa paikalla, harvinainen ominaisuus, nauroi mies. Tule sisään.

Asunto oli vaaleansävyinen modernisti kalustettu.

– Olet tainnut tuoda tänne huonekaluja Suomesta. Ihanan vaaleata, vaikka ei tummissa huonekaluissakaan mitään vikaa ole.

– Olen hankkinut kyllä kaikki täältä. Nyt on paljon modernimpaakin tyyliä kaupoissa. Vanha tyyli taitaa olla jo häviämässä. Haluaisitko lasillisen viiniä? Ruoka on valmista kohtapuoliin.

– Kyllä kiitos.

Helena nautti miehen hyvistä tavoista ja rentoutui nauttimaan hetkestä. Viinilasi kädessä hän katseli miehen puuhastelua keittiössä.

– Vien sinut pian kiertokävelylle. Yläkerrassa on kattoterassi. Voimme syödä siellä.

Asunnossa oli kaunis olohuone, pieni keittiö ja makuuhuone. Helena piti kovasti asunnon tyylistä ja kalusteista. Miehellä oli hyvä maku, ja hän oli selvästikin miettinyt yksityiskohtia, jotka tekivät persoonallisen vaikutelman.

Joni pakkasi ruokaa eväskoriin ja antoi pullon Cavaa Helenan kannettavaksi.

Katolta avautui kaunis näkymä suolajärvelle, ja talojen kattojen yli näki aina Torreviejan keskustaan asti. Suolajärven vesi oli ihmeellisen vaaleanpunaista. Palmuja ja appelsiinipuita näkyi joka puolella. Täältä katolta näkyi, kuinka vehreä alue oli. Helena piti näkemästään.

Katoksen alle oli katettu pöytä kahdelle. Joni avasi Cava pullon ja kaatoi kuohuvaa korkeisiin laseihin. Korissa oli tuoretta patonkia, omatekoista perunatortillaa ja lihapataa. Herkullinen tuoksu teki Helenan nälkäiseksi.

– Tuoksuu yrteille, sanoi Helena.

– Minä kasvattelen täällä omat yrttini, vastasi Joni. Nyt täällä on rosmariinia, timjamia, basilikaa, minttua ja salaattia.

Helena näki puusta rakennettuja lavoja ja pienen yrttitarhan.

– Minäkin rakastan yrttien ja muidenkin vihannesten kasvattelua. Välillä se on ihan hukkaan heitettyä aikaa, kun tomaatit eivät ehdi kypsyä. Kesistä Suomessa ei koskaan tiedä, mutta laitan kuitenkin joka vuosi uudet taimenet siemenistä.

– Minä ostan markkinoita taimet joka kerta, kun tulen tänne. Istutan ne heti, jotta voin nauttia niistä täällä ollessa.

Helena istui alas, ja mies tarjoili hänelle ruokaa. Hän oli ihmeissään miehen läsnäolon tuomasta rauhallisesta leppoisasta tunnelmasta. Hän halusi tietää miehestä kaiken. Oli kuitenkin päästettävä irti ja vain nautittava hetkestä. Tällaisia hetkiä oli harvassa. Miten asiat myöhemmin kehittyvät on sen ajan murhe tai ilo.

Sauli heräili aamulla aikaisin ennen varsinaista herätystä. Hänet oli haettu erityislennolla Suomeen. Kiinni jäämisen tosiasia iski joka aamu ensimmäisenä ajatuksena niin lujaa, että se tuntui fyysisenä kipuna. Missä hän teki virheen? Sattuma oli sekoittanut hänen elämänsä.

Olisi pitänyt tietää tarkemmin Reetan suunnitelmat. On soitettava Reetalle. Saatanan akka ei ole pitänyt mitään yhteyttä, vaikka hän tietää missä olen. Häntä oli muistutettava vähän vaimon velvollisuuksista. Olihan heillä yhteinen lapsikin. Se nainen Espanjassa saa vielä maksaa tästä. Oli ollut virhearviointi luottaa naiseen. Hän näytti niin tavalliselta ja yhdentekevältä, että pääsi menemään sormien välistä.

Sauli mietti, mitä tämä nyt tule tarkoittamaan. Pääseekö hän vapaaksi odottamaan oikeudenkäyntiä. Se on välttämätöntä. Hän oli ollut tarkka peittäessään jälkiään. Nyt oli tarkkaan suunniteltava seuraavat askeleet, ja jokainen sana on punnittava. Poliisit tekevät varmaan kotietsinnän, jos ovat löytäneet matkaliput. On vain luotettava espanjalaisten poliisien huolimattomuuteen ja välinpitämättömyyteen. Siellä ei turhia hommia tehdä. Paperithan on jo varmaan siirretty Suomen poliisille. Käytännöt olivat Saulilla hanskassa.

Hänen oli pyydettävä Reetaa piilottamaan rahalaatikot muualle. Oli vaikea selittää sellaista summaa poliisin palkalla. Sauli näppäili Reetan numeron, puhelin soi, mutta kukaan ei vastannut. Useista yrityksistä huolimatta Reeta ei vastannut puhelimeen. Sauli tunsi olevansa räjähdyksen partaalla, mutta ei ollut ketään, johon kohdistaa viha. Oli kamalaa, miten vaimo voi olla niin kylmä, että antaa hänen jäädä yksin tällaisella hetkellä.

Sauli kävi mielessään läpi tapahtumat. Oli mahdotonta selittää, miksi Amanda oli hänen mukana Espanjassa. Hän oli jäänyt kiinni rysän päältä. Poliiseista ei pidetä vankiloissa.

Hän tarvitsi jonkun puolelleen. Marko voisi todistaa hänen puolestaan. Hän tarvitsi luonnetodistajan. Mies sanoisi kyllä muutamia hyviä sanoja hänen puolestaan.

Hän on tehnyt niin paljon hyvää urallaan. Hänhän on eriomainen poliisi. Rikosten ratkaisuprosentti on kohonnut hänen ansiostaan. Kyllä sen pitää painaa vaakakupissa. Ensikertalaisena hän voisi selviytyä helpommalla. Pääsisi varmaan valitsemaan paikan, jossa joutuu istumaan.

Hän on peittänyt jälkensä niin hyvin, että koko totuus ei tule esiin. Reetan on vain piilotettava rahat. Aikaa ei ole hukattavana. Hän oli tullut liian rennoksi, kun oli saanut jatkaa rauhassa rahankeruutaan. Oli virhe kasata liikaa rahaa kotiin. Nyt ei voisi luottaa muihin kuin Reettaan.

Reeta näki Saulin yrittävän soittaa. Sauli saisi avioeropaperit allekirjoitettavaksi viikon sisällä. Toivottavasti hän on pidätettynä mahdollisen kauan. Hänellä ei ollut halua käydä keskusteluja miehen kanssa kasvotusten. Reetan itseluottamus alkoi pikkuhiljaa palautua. Hän oli miltei onnellinen hetkellisesti. Vuosia kestänyt suru ja ahdistus olivat väistymässä. Nyt elämä pakotti muutokseen. Hän ei ollut mitään velkaa Saulille. Saulin kylmä tunteettomuus Reetan hätää kohtaan oli ollut lamaannuttavaa. Hän oli jäänyt henkisesti yksin pienen lapsen kanssa. Arvottomuuden tunne oli saanut hänet tyytymään vähään. Rakkaus oli kuollut jo matkan varrella, ja nyt itsesuojeluvietti johdatteli oikeaan suuntaan. Saulin teko oli niin julma, että se sai Reetan voimaan pahoin fyysisesti ja henkisesti.

Hän oli käynyt Julian kanssa terapeutin luona. Juliassa ei näkynyt mitään merkkiä hyväksikäytöstä. He olivat päässeet metsästäjän verkosta viime hetkellä, eikä hän halunnut katsoa taakseen. Se oli liian pelottavaa.

Öisin uni ei tahtonut tulla. Raadollinen totuus lapsikaupasta ja sen laajuudesta ahdisti ja runteli koko olemusta. Nytkin koko ajan lapsia myydään, ja elämä jatkuu samanlaisena muualla. Ristiriita oli kammottava.

Puhelin soi taas, mutta nyt se oli Marko.

Nähdäänkö jossain? Minulla on kahden tunnin tauko. Mennäänkö vaikka kahville?

– Mennään vain. Ajatus Markon kanssa kahvittelusta palautti taas normaaliin elämään. Kaikki muu tuntui epätodelliselta. Minulla onkin sinulle asiaa, vastasi Reeta.

– Missä olet? Tulen hakemaan sinut.

Marko oli lähistöllä, ja pian he istuivat viihtyisässä Kaisan kahvilassa. Kahvilan hyllyt olivat pullollaan tuoreita leivonnaisia ja tuoksu sai Reetan aistit hereille. Reeta halusi syödä munkin kahvin kanssa ja hämmästyi itsekin ruokahalun palautumista.

– Miten jaksat, kysyi Marko huolestuneena?

– Paremmin, Julia voi hyvin. Terapeutti on sitä mieltä, ettei tyttö ole ollut mukana missään vahingollisessa. Hän on kuulemma iloinen ja tasapainoinen tyttö. Olen laittanut avioeron käyntiin. En jaksanut puhua sinunkaan kanssasi, kun kaikki tapahtumat vain vilistivät päässä. En vain voi ymmärtää, miten ollut niin sokea ja antanut itseäni kohdella huonosti niin kauan.

Marko silitti Reetan kättä.

– Minäkin ihmettelen omaa asennoitumistani Sauliin. Uskoin aina parasta Saulista, vaikka näin, että hän käyttäytyi usein törkeästi. En ole voinut ottaa häneen yhteyttä, eikä hän varmaan sitä odotakaan. Nyt en voi luottaa kehenkään, en edes lähimpiin ihmisiin, saati sitten itseeni. En edes voi kuvitella, mitä sinä käyt läpi. Tiedäthän, että voit kaikessa tukeutua minuun.

Reeta hymyili ensi kertaa päiviin.

– Kiitos, varohan, voin ripustautua sinuun. En ehkä milloinkaan päästä irti.

Reetalla oli ilkikurinen pilke silmäkulmassa.

– Sitähän minä tässä salaa toivonkin.

Reetan ilme tuli vakavaksi.

– Oikeasti, en enää koskaan halua roikkua kiinni toisessa. Haluan tasavertaisen suhteen. En kyllä vielä tiedä, mitä se tarkoittaa, mutta keskustelu asioista ja tunteista on hyvä alku.

– Otetaan siitä yhdessä selvää, vastasi Marko. En halua painostaa sinua mihinkään. Otetaan asia kerrallaan ja käydään vaikeatkin tunteet läpi avoimesti puhuen. Tiedäthän, että olen aina pitänyt sinusta vähän liikaakin. En halua sinun tuntevan, että joudut sopeutumaan minun elämääni. On tärkeää, että saat itse päättää, mitä elämältä haluat. Saulin kanssa viettämäsi vuodet ovat olleet traumaattisia. Otetaan rauhallisesti.

Pyydä minulta mitä haluat, niin saat sen, sanoi Sauli pilke silmäkulmassa.

– Kummallista tekstiä miehen suusta, mutta kuulostaa hyvältä. Et siis jaksa arvuutella, vaan haluat selvää tekstiä. No, itsehän pyysit. Haluaisin, että tulisit tänään illalliselle ja jäisit yöksi. En halua kuitenkaan elää hetkellisten tunteiden varassa, vaan todellisuudessa toivon, että sinulla on kärsivällisyyttä. Minulla on paljon mietittävää, enkä ole vielä valmis uuteen suhteeseen.

– En halua painostaa sinua mihinkään. Minulla on aikaa odottaa. Tietäisitpä vain, kuinka kauan olen odottanut tätä hetkeä, sanoi Marko naurusuin.

Jari näppäili Rasmuksen puhelinnumeron. Rasmus vastasikin heti.

– Moi, minä täällä, Jari! En ole vielä päässyt pois täältä poliisilaitokselta. Ajattelin, että kun olemme tällaisia samanmielisiä kavereita, niin tekisit minulle palveluksen. Meitä on aika pieni joukko isänmaanystäviä ja toimimme yhdessä, vaikka emme turvallisuussyistä tunnekaan toisiamme henkilökohtaisesti. Minulle olisi tulossa pakettitoimitus huomenillalla. Se jätetään kuuden aikaan minun asuntoni oven taakse. Voisitko hakea sen?

– Minkälaisista isänmaanystävistä on kyse?

– En nyt puhelimessa voi sen tarkemmin selvittää, jos vaikka puhelua kuunnellaan.

– Miksi olet pidätettynä, kysyi Rasmus?

– Minä olen yksi monista, jotka valvovat Suomen rajoja. Emme hyväksy tällaista Troijan hevosta, jossa terroristeja ja rikollisia tuodaan maahan. Pidätyksen syyt ovat poliittisia.

– En nyt kyllä oikein ymmärrä, mistä puhut, vastasi Rasmus. Ei kai Suomessa ole nykypäivänä poliittisia vankeja.

– Puhelinaikani on mennyt umpeen. Pakko lopettaa. Luotan sinuun.

Jari haettiin uudelleen kuulusteluihin. Täällä kertaa hän ei tuntenut kuulustelijoita. Toinen miehistä oli tummatukkainen ja pitkä, kunnioitusta herättävä. Pitkä mies aloitti kuulustelun.

– Tiedätkö mihin olet syyllistynyt. Pommiräjähdyksessä haavoittui kolme ihmistä. Nyt on sairaalassa, suomalainen eläkeläinen, joka sokeutui räjähdyksessä. Kaksi muuta ovat nuoria espanjalaisia turisteja. Oletko tyytyväinen aikaansaannokseesi, kysyi mies tiukasti?

Jari tunsi kylmien väreiden kulkevan läpi kehon. Ajatukset puuroutuivat. Ei voi olla totta, roskakorin vieressä oli istunut tummia ulkomaalaisia.

– Valhetta, pääsi hänen suustaan. En usko teitä.

– Olemme löytäneet sinun sormenjälkesi puhelimesta, jolla pommi laukaistiin. Olet jäänyt kiinni. Haluamme vain kertoa sinulle. Sinulle itsellesi on parempi, jos alat puhua suusi puhtaaksi.

– Valhetta, ei räjähdyksessä ole ollut suomalaisia. Yritätte vain, sekoittaa päätäni. En usko mitään mitä sanotte. Minulla ei ole mitään tekemistä räjähdyksen kanssa.

– Tässä raportti pommi-iskusta, voit lukea sen.

Miehet jättivät raportin ja Jari alkoi lukea. Kyyneleet vierivät pitkin poskia, ja hän ymmärsi, että jotain oli mennyt hirvittävän pieleen. Hän näki itsensä murhaajana, väkivaltarikollisena. Suomalainen eläkeläinen sokeutunut. Ei hän ollut tarkoittanut tällaista tapahtuvaksi. Nyt on liian myöhäistä. Epätodellinen tunne syyllisyydestä sankaruuden sijaan tunkeutui mieleen. Jari lyyhistyi lattialle, ja kurkusta pääsi kouristuksenomaisia nyyhkytyksiä. Miten näin saattoi käydä.

Hän oli halunnut tehdä elämänsä urotyön, mutta kaikki oli mennyt pieleen. Hän olikin taas se isän halveksima pikkupoika, joka ei osannut tehdä mitään oikein. Ensimmäisen kerran hän näki itsensä rehellisesti. Hän oli yrittänyt epätoivoon asti palauttaa arvonsa ihmisenä. Arvon, jonka hän menetti jo pienenä. Mikään mitä hän teki, ei ollut saanut isää kiinnittämään huomiota häneen. Hän näki häpeän siitä, kuka hän on, sokaisseen hänet, ja nyt hän oli tehnyt toisen ihmisen sokeaksi.

Rasmus oli hämmentynyt puhelinsoitosta. Mitähän se sekopää on oikein tehnyt? Vai poliittisista syistä... Onkohan se uhkaillut poliitikkoja? Minkälaisen paketin se on saamassa, kun kannattaa kallista puhelinaikaa tuhlata siihen? Hän ei millään tavalla halunnut sekaantua Jarin puuhiin. Hän ei ymmärtänyt, mistä Jari oli saanut päähänsä, että hän oli samanmielinen isänmaanystävä. Isänmaanystäviä tuntuu nykyään olevan joka lähtöön. Olikohan hän kuullut siitä, kun jouduin yläasteella tappeluun somalialaisen luokkakaverin kanssa. Siinä oli kyllä kysymys tytöstä. Me molemmat pidimme Annasta, ja yritin nyrkillä pitää toisen poissa. Sehän piti vain Annan poissa minun elämästä. Nyt kyllä ymmärtäisin, että valinta olisi ollut tytön.

Hän soitti heti Markolle, poliisille, joka tutki Jarin tekemisiä. Marko vastasikin puhelimeen hetken päästä, ja Rasmus kertoi Jarin soitosta.

– Kiitos tämä on arvokasta tietoa. En voi tarkemmin vielä kertoa sinulle, mutta tämä auttaa meitä eteenpäin tutkimuksissa.

Rasmus sulki puhelimen ja hymyili itsekseen. Kerrankin hän sai kiitosta, jostain yhteiskunnan hyväksi tehdystä, vaikka hän ei ymmärtänytkään, mistä oikein oli kysymys. Asia oli kuitenkin tärkeä. Sen saattoi aistia poliisin äänensävystä. Hän hymyili tyytyväisenä. Ehkä hän nyt oli eräänlainen isänmaanystävä.

Marko kutsui heti koolle ryhmän, ja he päättivät olla paikalla siviileinä. Oli tärkeää päästä muiden Virtasen piirin jäsenten jäljille. Ehkä paketti ei olisi mikään läpimurto tutkimuksissa, mutta Markon intuitio sanoi, että jonkin tärkeän jäljillä oltiin. Jarin asunnon lähistölle sijoitettiin kaksi siviilipoliisiautoa, jotka voisivat seurata paketin tuojaa. Tuoja laitettaisiin tarkkailun kohteeksi, ja kaikki hänen kontaktinsa tutkittaisiin.

Marko itse oli paikalla uuden työparinsa Jokisen Sarin kanssa. Sari ja Marko olivat ennenkin tehneet yhteistyötä ja tulivat hyvin toimeen keskenään. Sari oli nelikymppinen huumorintajuinen, hieman turhankin suorasukainen tumma kaunotar. Muut työkaverit myhäilivät hieman nähdessään Markon uuden parin. Marko vain puisteli päätään heidän vihjailuilleen. Hän oli pitkään huomannut työkavereiden ihmettelevän hänen yksineloaan. Kukaan ei ollut kysynyt suoraan asiasta, mutta kierteleviä yrityksiä lähestyä asiaa oli ajoittain ilmassa.

Nyt Sari ja hän yrittivät antaa sellaisen vaikutelman, että olisivat törmänneet toisiinsa sattumalta Virtasen asunnon lähellä. Heillä näytti olevan paljon puhuttavaa. Sari puhui puuta heinää, ja se sai Markon nauramaan tilanteesta huolimatta.

Marko seisoi niin, että saattoi nähdä Jarin talon ulko-oven. Kello oli 17,58, kun hän näki pitkähkön miehen lähestyvän taloa. Miehellä oli tummat vaatteet ja melko suuri paketti kannettavanaan. Marko ei ollut nähnyt miestä aiemmin. Mies hävisi sisään ulko-ovesta, ja Marko heilautti kättään siviiliauton miehille. He vastasivat viestiin ja olivat valmiina lähtöön. Hetken kuluttua pitkä mies tuli takaisin ilman pakettia. Marko ja Sari odottivat, kunnes mies hävisi kulman taakse. Siviili poliisiauto käynnisti moottorin ja lähti seuraamaan paketin tuojaa. Marko ja Sari menivät sisälle taloon. Jari asui toisessa kerroksessa, ja he juoksivat rappuset ylös. Paketti oli oven edessä niin kuin pitikin.

He ottivat paketin ja lähtivät takaisin autoon.

– Paketti oli tutkittava, ja toivon mukaan, saisimme tarvittavat todisteet, jotta pääsisimme eteenpäin tutkimuksissa. Oven eteen jätettynä pakettia ei voisi aivan varmasti sitoa Virtaseen. Rasmus saa luvan todistaa puhelinsoitosta, jos sisällön voi sitoa muuhun todistusaineistoon on asia selvä.

Todistajia oli kuitenkin vaikea motivoida tulemaan oikeuden istuntoihin. Heitä uhkailtiin entistä useammin, ja oman elämän suojeleminen meni usein oikeudenmukaisuuden edelle. Käytössä on kuitenkin uusi videotodistaminen, jolloin todistajan ei tarvitse tulla itse paikalle, eikä häntä voi helposti tunnistaa.

– Virtanen on etsimämme pommittaja, ehkä pääsemme muidenkin jäljille. Lohjallakin oli edellisellä viikolla räjähtänyt pommi, joka ei onneksi ollut aiheuttanut henkilövahinkoja.

Siviilipoliisit seurasivat pakettimiestä ja saivat tietää hänen osoitteensa. Nyt kaikkia hänen liikkeitään voitaisiin seurata. Tiedustelulain muutokset olivat auttaneet poliisin työtä ratkaisevasti. Nyt voitaisiin ennakoida ja asettaa resursseja sinne, missä niitä tarvittaisiin.

Sannasta elämä tuntui mahtavalta. Irtautuminen Fadista oli ollut helpotus. Ilma viimeinkin virtasi vapaasti keuhkoissa. Jotain, mikä oli ollut sidottuna, oli auennut. Hän oli oppinut läksynsä. Fadi oli onnistunut lyhyessä ajassa tunkeutumaan liian lähelle. Hän saattoi vieläkin kuulla tiukan äänensävyn, joka sivalsi korvia silloin, kun teki toisin kuin mies oli ajatellut. Oli ollut vaikeaa sopeutua toisen vaatimuksiin, kun niitä ei avoimesti sanottu. Kritiikki ja huonotuulisuus olivat tienviittoja, joita piti lukea.

Nyt saatu vapaus toisen kontrollista tuntui kehossa. Möykky, joka oli ollut asukkaana vatsassa katosi. Kaikki tuntui yksinkertaiselta ja uudelta. Haikeus menetetystä läheisyydestä ja huomiosta ei painanut paljoa vaakakupissa.

Fadi on syvästi loukkaantunut vieläkin, eikä ymmärtänyt syitä siihen, miksi he eivät voisi olla yhdessä. Sanna oli yrittänyt kertoa tunteistaan, mutta heidän välissään oli puuttuvia sanoja ja kokemuksia.

Fadin mielestä olen jollain tavoin sairas tai viallinen, kun en pystynyt olemaan lähellä, osana miehestä. Miehen mielestä se on juuri avioliiton päämäärä. Hän ahdistui heti, jos minä halusin omia asioita.

Ei voi laittaa yhteen kahta niin erilaisten tarpeiden omaavaa ihmistä. Nyt ymmärrän, miten tärkeää on tietää omat rajat. Siitä saatu oppitunti, on avain tulevaisuuden ihmissuhteisiin.

Helenan ja Jonin välit ovat alkaneet tulla läheiseksi. Pitkästä aikaa elämä on näyttänyt lempeämmän puolensa. Harvoin oli asiat menossa yhtä aikaa valoisampaan suuntaan. Helena nautti elämästä täysillä. Hän otti puhelimen ja soitti Jonille.

– Mitä teet tänään? Ajattelin, että haluaisin seuraa konserttiin. Haluaisitko lähteä kanssani?

– Mielelläni, olenkin ajatellut sinua paljon. Kiva kun sinäkin soitat. Minusta on tuntunut, että minä aina painostan sinua tapaamisiin.

– Olen tässä miettinyt, olisiko aika minunkin tulla ulos mukavuusalueeltani! Tehdä yksinkertaisesti rohkeammin asioita, joista pidän.

– Hmm... taidat siis pitää seurastani, totesi Joni.

– Täytyy tunnustaa, että näin on, vastasi Helena.

Helenaa hymyilytti puhelu. Hän halusi oppia ottamaan elämän hiukan kevyemmin, lisätä elämää päiviinsä, eikä vain päiviä elämäänsä. Hän halusi uskaltaa elää haaveitaan todeksi, elää täyttä elämää. Hän ei halunnut jäädä sivustakatsojaksi omassa elämässään. Illaksi hän pukeutuisi rohkeisiin väreihin.

Helena ja Joni saapuivat konserttiin ajoissa. Joni katsoi ihaillen Helenan olemusta. Nainen säteili itsevarmuutta. Leningin värit sopivat hänelle täydellisesti. Värikkäät kuviot mustalla taustalla olivat kuin taideteos. Mies ehdotti, että he menisivät baarin puolelle drinkille. Helena seurasi miestä baariin. Mies oli niin luonnollinen ja rento. Helena tilasi kuohuviinin. Hän oli juhlatuulella. Mieskin joi lasin viiniä.

Heillä oli hyvät paikat konsertissa. He eivät puhuneet paljoakaan. Välillä hän tunsi miehen katseen, mutta enää se ei häirinnyt, vaan hän saattoi vastata katseeseen.

Sanna oli lähdössä ulos kavereiden kanssa ensimmäistä kertaa pitkään aikaan. Oli upeata pukeutua, miten halusi, ja tänään hän halusi pukeutua hieman seksikkäämmin kuin oli voinut Fadin seurassa.

Ovikello soi, ja ystävät hälisivät oven takana. Tunnelma oli katossa, kun Sanna avasi oven. Ystävät halasivat Sannaa ja iloitsivat, kun olivat saaneet hänet takaisin seuraansa. Kaikki puhuivat yhteen ääneen ja halusivat kertoa kaiken, mitä oli tapahtunut siitä asti, kun oli viimeksi nähty. Ystävykset lähtivät hälisten bussipysäkille. Sanna nautti iloisesta rennosta tunnelmasta. Bussi näyttikin jo tulevan.

Sanna huomasi vastapäisen bussipysäkin luona tutun näköisen hahmon. Sydän tuntui pysähtyvän ja henki salpautui. Samassa bussi olikin jo pysäkillä.

– Sanna tule jo! Mikä on? Olet kuin olisit nähnyt aaveen, sanoi Sami, Sannan vanha luokkakaveri.

Sami otti Sannaa kädestä ja veti häntä bussiin päin. Vaistomaisesti Sanna veti kätensä pois nopeasti ja vilkuili ympärilleen. Samin kasvoille tuli huolestunut ilme. Hahmo oli poissa. Bussi oli kuitenkin täynnä kovaäänisiä juhlivia nuoria. Lauantai-ilta oli parhaimmillaan ja tunnelma tarttui. Sanna karisti mielestään epämiellyttävän tunteen. Kampissa iloinen joukko purkautui bussista. Sanna ystävineen jatkoi matkaansa juhlapaikalle.

Reeta oli jo tottunut yksinoloonsa. Yksin hän oli ollut jo kauan avioliitossaankin. Elämä Saulin kanssa alkoi tuntua kaukaiselta, hetkittäin vieraalta, jonkun toisen elämältä. Elämästä oli muodostunut aivan erilainen kuin hän oli luullut, vieras ja epätodellinen. Mikään hänen unelmistaan tai ajatuksistaan ei ole ollut totta. Hän oli elänyt todellisuudessa, jossa ei ollut mitään aitoa, kaikki pelkkää kuvitelmaa.

Reeta ei ollut valmis uuteen suhteeseen, ja siksi Markon tapaaminen keikutti hänen tasapainoaan hiukan. Hän katseli itseään peilistä ja hymyili hiukan itselleen. Hän oli näkevinään jotain uutta, keimailevaa peilikuvassaan.

Oli kuitenkin ollut tärkeää laittautua Markoa varten. Hän oli valinnut huolella asun, jota ei ollut käyttänyt kuin kerran. Se sai hänen vartalonsa näkyväksi. Murretut kauniit värit toivat hänen naisellisuutensa hyvin esiin.

Mies oli jo ovella, ja Reetaa harmitti, kun tunsi vatsanpohjassa jännittävän tunteen.

– Tule peremmälle! Olen kohta valmis.

Markon katse oli todella intensiivinen. Se tunkeutui lämpimänä naisen koko kehoon. Marko käveli naista kohti ja tarttui hänen käteensä. Reeta sävähti. Hän ei ollut odottanut kosketusta, mutta ei voinut vetää kättään pois. Markon hengitys salpaantui, ja hän veti Reetan tiiviisti lähelleen ja suuteli naista. Reetan hengitys ei kulkenut. Hän tunsi lämpimän jännitteen virtaavan koko kehoonsa ja painautui tiiviimmin Markoon. Reetasta tuntui kuin Markon keho olisi ainoa pelastus tuskasta ja ahdistuksesta. Marko kuljetti Reetan makuuhuoneeseen. Jossain kaukana Reeta kuuli äänensä sanovan, että tätähän juuri ei pitänyt tapahtua. Ääni oli kuitenkin niin kaukana, ettei se saavuttanut tätä hetkeä.

Sami tuli kotiin hilpeällä mielellä. Ilta oli ollut yksi parhaimmista pitkään aikaa. Kaikilla oli ollut hauskaa. Oli päätetty tavata pian uudelleen. Hän oli saattanut Sannan bussille. Tyttö oli vihdoinkin huomannut hänet. Sanna ei tiennyt, että mies oli ollut aina ihastunut häneen. Teininä hän oli kirjoitellut ympäriinsä Sami rakastaa Sannaa, mutta tyttö ei ollut reagoinut mitenkään. Nyt nauratti oma lapsellisuus. Aikuisena voi lähestyä toista avoimesti. Sami oli pyytänyt Sannaa tulemaan jatkoille luokseen. Hän halusi näyttää tekstin, joka vieläkin koristi autotallin kattoa. Hän halusi kertoa tytölle tunteistaan avoimesti. Sanna kieltäytyi kuitenkin kutsusta ja sanoi olevansa väsynyt. Hän lupasi tulla joku toinen kerta. Sami oli hieman pettynyt, mutta tytön lämmin hymy jätti hänet uskomaan mahdollisuuksiinsa.

Oli parasta ottaa rauhallisesti. Sanna ansaitsisi vain parasta. Kaikki tytössä oli kaunista ja hellyttävää. Sami ei halunnut nukkua, eikä karistaa tytön läheisyyden tuoksua, joka tuntui leijuvan ympärillä vieläkin. Hän tunsi sisällään tytön hersyvän naurun. Hän sulki silmänsä, ja tytön läheisyys oli miltei kosketettavissa. Ovikello soi, ja Sami hätkähti jännityksestä. Sanna olikin muuttanut mielensä!

Sami aukaisi oven hymy huulilla. Samassa tuli ensimmäinen isku. Tuntui kuin pää räjähtäisi. Sami lensi selälleen maahan. Hän näki kaksi miestä huput päässä. Hän ei voinut ymmärtää, mitä tapahtui. Tuntui kuin hän seisoisi itsensä vieressä ja katselisi. Toinen miehistä aloitti potkimisen. Sami kuuli luitten räsähtävän rikki, ja hän valui johonkin pehmeään harmaaseen. Kaukaa ikään kuin unen läpi hän kuuli ulko-oven paukahtavan kiinni.

Konsertin jälkeen Joni ja Helena kävelivät kotiin Helenan luo. Mies kysyi, jos hän voisi laittaa vähän yöpalaa, ja hän avasi jääkaapin. Kotoinen tunnelma levisi huoneeseen. Mies löysi briejuuston, jonka hän laittoi uuniin.

– Onko sinulla valkoista leipää.

– On patonkia kaapissa oikealla puolella, vastasi Helena hymyillen. Helena nautti miehen katselusta.

Mies paloitteli patonkia ja ripotteli oliiviöljyä ja yrttisekoitusta päälle. Paistinpannulla rapeaksi paahdetut palat sulan briejuuston kanssa ilmestyivät nopeasti tarjottimelle.

– Olisiko sinulla viiniäkin?

– Kylläpä sinä tunnet olosi jo kotoisaksi, nauroi Helena. Toki talossa on aina viiniä. Minulla on muutama pullo Cavaakin erityisiä tilaisuuksia varten.

– Olisiko tämä sellainen, kysyi mies iskien silmää?

Helena nautti miehen kiusoittelevasta äänensävystä ja antautui hetken vietäväksi. Cavapullo avautui poksahdellen. He kastoivat patongin paloja juustoon ja nauttivat kuohuviinistä.

– Onko sinulla ollut joitain tärkeitä miessuhteita, varmaankin ainakin Sannan isään? Ovatko he tekemisissä? Et ole maininnut hänestä mitään. Haluaisin tietää vähän, mitä vastassa olen, tunnusti Joni nauraen.

– Sinulla ei ole syytä huoleen, voin vakuuttaa. Sannan isä ei ole koskaan ollut kuvioissa mukana. Olimme nuoria, eikä hän ollut valmis isäksi. Ei silloin eikä nyt. Hän lähti, kun odotin Sannaa. En koskaan saanut selitystä, miksi hän lähti. Jälkeenpäin olen ymmärtänyt, ettei hän ollut vielä kypsä vakavaan suhteeseen. En ollut suunnitellut raskautta, se yllätti meidät molemmat. Hän ei kestänyt painetta ja katosi sanaa sanomatta. Minä jouduin kuitenkin kasvamaan aikuiseksi ja ottamaan vastuun lapsestani. Sanna on ollut parasta elämässäni.

Viimeisin tapaaminen treffien merkeissä oli vuosi sitten, kun Sanna puhui minut ympäri kokeilemaan nettideittiä. Kirjoittelin erään miehen kanssa muutamia viikkoja, ja sitten hän pyysi minua ulos syömään. Lupauduin sillä ehdolla, että tapaaminen oli päivällä ja yleisellä paikalla. Mies oli mukavan näköinen ja tilasimme ruokaa. Netissä keskustelu oli sujunut mukavasti, mutta kasvotusten ei oikein mikään tuntunut kohtaavan. Hän alkoi heti käyttäytyä liian tuttavallisesti. Syötyään oman ruokansa hän alkoi nyppiä ruokaa minun lautaseltani. Minä menetin ruokahaluni ja annoin loput ruoat miehelle. Kiemurtelin pois ravintolasta tekosyyllä.

Kirjoittelin myös muutaman kerran mukavan tuntuisen toimitusjohtajan kanssa. Taisi olla töissä jopa eräässä avustusjärjestössä. Sain eräänä iltana kuvan hänen todennäköisesti kalliimmasta aarteestaan. Ei kyllä sytyttänyt toivottua tulosta. En kokeillut sen jälkeen enää nettideittailua. Taidan olla liian herkkähipiäinen. Varovaisuudesta on tainnut tulla minulle luoteenpiirre.

– Minä haluaisin jutella kanssasi meistä, laukaisi Joni. Mitä sinä ajattelet meidän suhteesta? Haluaisin tietää, mitä tunnet minua kohtaan? Haluatko suojautua myös minulta? Minussakin on paljon sellaista, mikä voi olla vaikeaa sulattaa.

– Rehellisesti sanottuna ihmettelen hiukan, miksi sinä vietät aikaa minun kanssani? Saisit varmaan jonkun kauniin nuoren naisenkin seuraa helposti, tunnusteli Helena.

– Niin varmaan, naurahti Joni, mutta sen polun olen jo kulkenut. Haluan olla sinulle rehellinen. Minä haluan suhteen, jossa voin kunnioittaa toista ihmistä ja jossa jaamme samat arvot ja asenteet. On voitava olla turvallisesti eri mieltä. Haluan suhteen, jossa uskalletaan olla lähellä, vaikka ollaan erilaisia. Tahdon lähelleni naisen, joka ymmärtää minua. Kuulostaapa kliseeltä, naurahti Joni. Puuttuu vain, että olisin naimisissa ja olisimme baarissa.

Olen hankala ihminen, koska haluan kulkea elämääni tietyllä tavalla. En jaksa elää puolisydämisesti. Haluaisin elää loppuelämän muullekin kuin vain itselleni. Olin jo valmis elämään itsekseni, kunnes tapasin sinut. Koen sinun olevan sellainen ihminen, jonka kanssa voin olla oma itseni.

Helena katsoi miestä ihmetellen.

– Sanot aina jotain sellaista, mitä olen aina halunnut miehen sanovan. Minun on vaikea uskoa todeksi sinua. Odotan koko ajan, milloin kupla poksahtaa rikki.

Minä pelkään, että olisin sinulle pettymys. En ole kovinkaan hyvin säilynyt, enkä ole mitenkään ylpeä kehostani. Viimeistään nähtyäsi minut ilman vaatteita peräännyt ja arvioit tilanteen uudelleen, nauroi Helena.

– Kokeile minua, vaikka heti, vastasi Joni välittömästi pilke silmäkulmassa. Ymmärrän, että me olemme haavoittuneet elämän kulussa, mutta rakastaminen on vaikea taito. Pidän siitä, että kuuntelet minua avoimesti, olet läsnä, eivätkä keskustelut päädy yksinpuheluihin. Nautin tästä olosta, jossa ei ole läsnä vaatimusta toisen muuttumisesta.

Joni laittoi käsivartensa Helenan ympärille ja veti hänet lähelleen. Helenaa kauhistutti ajatus paljastaa kehonsa toiselle. Joni aavisti Helenan epävarmuuden.

– Voimme edetä pikkuhiljaa ei meillä ole mihinkään kiire.

Helena kaivautui tiiviimmin Jonin viereen. Lämmin pakottava tunne täytti kehon, ja kiusaus heittäytyä toiseen täytti tietoisuuden.

Sanna oli hiukan pettynyt, kun ei ollut kuullut Samista kahteen päivään. Hän oli jopa soittanut tälle, mutta ei ollut saanut mitään viestiä takaisin. Nyt hän oli menossa yhteisten ystävien luokse viettämään vanhan ystävän syntymäpäivää. Ehkä Samikin tulisi sinne. Sannan puhelin soi ja samalla, kun hän vastasi, hän huomasi puhelun olevan Fadilta. Hän ei uskaltanut enää sulkea puhelinta.

– Hei kultaseni, aloitti mies.

Sannaa puistatti.

– Mikset ole vastannut puheluihini?

Sanna tunsi voiman palautuvan jäseniinsä, ja hän uskaltautui puhumaan.

– Älä soittele minulle enää. Tunsin sinut hetken, etkä ollut sellainen ihminen kuin luulin. En halua olla kanssasi missään tekemisissä.

Sanna kuuli toisesta päästä uhoavan äänen.

– Älä luule pääseväsi minusta näin helpolla. Minun kanssani ei yksikään nainen leiki. Vai luuletko sen toissaltaisen pehmon antavan sinulle jotain, mitä et saa minulta. Ei ainakaan pitkään aikaan. Varoitan sinua. Revin sinut ulos sydämestäni. Kadut, koska sitten sinulla ei ole paluuta.

Sanna sulki puhelimen ja koki paniikin nousevan pintaan. Sannan mieleen oli tullut ahdistavia ajatuksia siitä lähtien, kun hän uskoi nähneensä Fadin bussipysäkillä. Hän oli ollut oikeassa. Hän vaistosi miehen läsnäolon ja pelkäsi tämän seuraavan hänen liikkeitään. Kirkkaassa päivänvalossa nämä ajatukset kaikkosivat ja tuntuivat kaukaa haetuilta. Hänen pitäisi puhua jonkun kanssa. Äitiä en halua pelästyttää, kun tämä on vihdoinkin löytänyt onnea elämäänsä.

Nyt hän oli jo ystävien asunnon edessä ja soitti ovikelloa. Iloinen juhlatunnelma tulvi ovesta.

– Et tullutkaan Samin kanssa. Puhuimme teistä juuri. Teistä tulisi hieno pari. Missä Sami on?

– En ole kuullut hänestä sitten toissa illan. Olen soitellutkin, mutta hän ei vastaa puhelimeen. Ettekö tekään ole kuulleet hänestä?

– Emme, kummallista. Ei lainkaan hänen tapaistaan. Pasin ja hänen piti mennä elokuviin eilen. Pasilla oli jo ostetut liputkin, mutta Sami ei ottanut yhteyttä, joten hän meni Mellun kanssa. Luulimme teidän olevan yhdessä ja Samin olevan niin sekaisin, että unohti. Tiedäthän, että hän on aina ollut hulluna sinuun.

Sanna huolestui tosissaan ja Fadin puhelu tuli terävänä mieleen. Sannaa hävetti suhteensa mieheen. Hän päätti kuitenkin kertoa ystävilleen Fadin uhkauksista. Sanna kertoi ystävilleen epäilevänsä, että mies oli seurannut häntä.

– En haluaisi pilata juhlia. Voitaisiinko kuitenkin mennä Samin asunnolle yhdessä katsomaan, että hän voi hyvin? Ystävykset lähtivät heti.

Sami ei vastannut puheluihin eikä ovikellon soittoon.

– Tietääkö joku Samin vanhempien puhelinnumeron. Voisimme kysyä heiltä, missä Sami on. Sanna näppäili numeron, ja Samin isä vastasi puhelimeen.

– Sami on ollut intensiiviosastolla täällä Meilahdessa. Naamioituneet miehet tunkeutuivat toissa päivänä hänen asuntoonsa ja pahoinpitelivät hänet. Nyt hänen tilansa on kuitenkin vakaa. Toivomme, että hän selviää tästä. Emme ymmärrä tätä yhtään. Samilla ei ole vihamiehiä, eikä tämä ollut ryöstö. Samin isän ääni muuttui itkuiseksi.

Sannakin alkoi itkeä.

– Voisinko tulla sinne katsomaan Samia? Kuka hoitaa asian tutkimista? Minulla voisi ehkä olla jotain asiaan liittyvää tietoa. Olimme yhdessä ulkona sinä iltana.

Samin isä antoi asiaa tutkivan poliisilaitoksen nimen ja osoitteen. Ystävykset olivat kauhuissaan tapahtumasta ja päättivät lähteä Sannan tueksi poliisiasemalle. Poliisiaseman päivystyksessä oli hiljaista, ja Sanna pääsi kertomaan asiansa heti. Sanna antoi Fadin osoitteen ja kertoi kaiken poliiseille. Kaksi poliisia lähtikin heti Fadin asunnolle. Mies oli kotona. Hän ei näyttänyt lainkaan hämmästyneeltä. Tuntui melkein, että hän olisi valmistautunut poliisien tuloon.

– Missä olit toissa yönä kello kahdentoista eilisen kello kymmenen välissä?

– Olin ystävien kanssa Tallinnassa. Minulla on liput vielä tuossa pöydällä, ja voin antaa mukana olleiden ystävieni nimetkin. Laivan väkikin muistaa minut kyllä. Lauloin karaokea, vastasi Fadi naurusuin.

Poliisit tutkivat laivalippuja ja kirjoittivat ylös ystävien nimet sekä puhelinnumerot. Miehen ylimielinen asenne ja se, ettei hän kysellyt syytä poliisien kuulusteluun sai poliisit vakuuttuneeksi siitä, että miehellä oli joku osuus pahoinpitelyssä.

Iltapäivällä Vikinglinen terminaalissa kaksi miestä astui laivaan. He olivat matkalla Ruotsiin. Toinen heistä jäi Pohjois-Tukholmaan Kistaan, ja toinen jatkoi matkaansa Saksaan. He olivat olleet pikavierailulla Suomessa. Matka ei ollut mikään turistimatka. He eivät olleet tutustuneet pääkaupungin nähtävyyksiin. Heitä ei kiinnostanut kulttuuri eikä taide. Sukulaisten suhteet ja asiat olivat heille tärkeämpää kuin mikään muu. Asioilla piti olla oikea tärkeysjärjestys, ja heidän tehtävänään oli ylläpitää perhesuhteita. He auttoivat toisiaan silloin, kun tuli vaikeuksia. Oli arvoja, joita ei voinut kyseenalaistaa. Joskus oli oikein ottaa voimakeinotkin avuksi, silloin kun omatunto vaati toimia.

Sanna sai tiedon Fadin syyttömyydestä poliiseilta. Ystävät olivat vahvistaneet miehen olleen heidän kanssaan risteilyllä. Laivan henkilökuntakin tunnisti joukon. Miehet olivat olleet kovaäänisiä ja herättäneet huomiota laajemminkin. Heille jouduttiin huomauttamaan asiasta useammin kuin kerran. Siitä huolimatta hän ei pystynyt karistamaan epämiellyttävää tunnetta. Hän eli kahdessa eri todellisuudessa, toisessa hän vaistosi vaaran läheisyyden, ja se oli hetkittäin vahvempi kuin se todellisuus, missä hänen piti elää.

Lähtiessään sairaalaan tapaamaan Samia, hän matkusti kahdella eri bussilla ja varmistautui, ettei kukaan seurannut häntä. Noustessaan toiseen bussiin West Endissä, hän kiinnitti huomionsa mieheen, joka oli myös ollut edellisessä bussissa. Miehellä oli tuikea katse ja näkyi, että hän ei ollut suomalainen. Sannaa hävetti samalla, että hän epäili miestä. Silti hän ei saanut silmiään irti miehestä. Samin turvallisuus oli kuitenkin tärkeintä. Sanna oli hetkittäin varma, että Fadi oli pahoinpitelyn takana. Tummanpuhuva mies nousi kuitenkin pian ylös ja poistui bussista.

Sami makasi sängyssä ja näytti nukkuvan. Hän avasi kuitenkin silmänsä, ja leveä hymy nousi huulille.

– Mites täällä voidaan, kysyi Sanna? Saanko tulla sisään?

– Totta kai! Oletkin lempivieraani. Ajattelin sinua juuri ja ilmestyit kuin tyhjästä eteeni. Tosin ajattelen sinua koko ajan, sanoi Sami iskien silmää.

– Miten voit?

– No aika hyvin. Olisi voinut käydä huonomminkin, aivotärähdys ainakin ja muutama kylkiluu poikki. Tarkkailevat vielä, ettei ole sisäisiä verenvuotoja. Pahasti potkivat, mutta onneksi sisäelimet säilyivät ehjinä kuin ihmeen kaupalla. Kylkiluiden paraneminen on hidasta. Kestää vähän aikaa, ennen kuin olen jalkeilla.

– Haluaisin kertoa sinulle epäilyksistäni. Tämä on vaikeaa, sillä koen olevani syyllinen pahoinpitelyysi.

Sanna kertoi koko tarinan ja epäilyksistään entisen poikaystävänsä sekaantumisesta pahoinpitelyyn.

– Et sinä ole vastuussa toisen hulluudesta. Hyvä kun olet lopettanut suhteen. Minä uskon, että monet rikokset selviäisivät, jos poliisit kuuntelisivat sitä intuitiota, jota monet uhrien läheiset kokevat rikosten yhteydessä. Uskon sinun olevan oikeilla jäljillä, kun ei parempaa selitystäkään tapahtumaan ole. Ryöstöstä ei ole kysymys, eikä minulla ole vihamiehiä, mikäli tiedän. Olin niin sinun lumossa, etten katsellut ympärilleni enkä huomannut keneenkään seuranneen minua.

– En aio antaa kenenkään estää minua tapaamasta sinua, jos sinä haluat.

– Mitä sinä ehdottelet? Seurusteluako? Käsitäthän mitä juuri kerroin? Siis luulen, että entinen poikaystäväni on hoitanut niin, että sinut pahoinpideltiin. Hän haluaa, että pysyn erossa sinusta ja varmaan haluaa sinun pysyvän erossa minusta. Todennäköisesti hän on oikeassa. En ole hyvää seuraa sinulle, kun osaan valita sellaisia poikaystäviä kuin Fadi oli. Jotain vikaa minussa on.

Olen puhunut poliisille, ja nuori poliisialokas nettipoliisissa kehotti juttelemaan asiasta Fadin kanssa. Pitäisi kuulemma kertoa hänelle, ettei ole ok uhkailla. Eivät kai ymmärrä, mistä tässä on kysymys. Tämä ei juttelemalla selviä. Poliisilta ei saa apua ennen kuin taas tapahtuu jotain. Olisi sinun turvallisuutesi kannalta parempi, jos emme tapaisi.

– En halua antaa pimeiden voimien voittaa. Silloin saa aina paeta, ja paha voittaa kisan. Sitä paitsi olen aina pitänyt sinusta paljon, ja nyt vihdoinkin olet lähelläni. Älä syytä itseäsi noin ankarasti. Olet vain luottavainen ja rohkea ihminen, joka oli uskaltautunut kokemaan jotain uutta. Tällä kertaa jouduit oppimaan jotain vaikeuksien kautta. Sinä merkitset minulle maailmoita. Jos sinusta tuntuu samalta, niin löydämme yhdessä ratkaisun tilanteeseen.

Sanna katsoi miestä ihmetellen. Miten vahva ja pehmeä voi olla samaan aikaan. Hän tunsi uudenlaisten tunteiden heräävän miestä kohtaan. Mies oli pyyhkinyt hetkessä säälimättömän syyllisyyden pois hänen hartioiltaan. Miehen avoin lämpö kosketti, jotain koskematonta sisällä.

Reeta heräsi ihmeellisen hyvään oloon. Marko nukkui syvää unta. Reeta tunsi suunnatonta hellyyttä miestä kohtaan. Mistä tällaisia tunteita kumpuaa? Mies näytti niin puhtaalta ja aidolta, että Reetan sydämeen sattui. Tiedän, etteivät tällaiset tunteet jää. Tämä on jotain minusta itsestäni. Tällä ei ole mitään tekemistä Markon kanssa. Olen niin tunnenääntynyt, että kehittelen tällaisia kokemuksia. Jos olisimme yhdessä pidempään, katoisivat tunteet satavarmasti. Tunteet eivät todista mitään. Tunteet johdattavat harhaan, eikä sitä huomaa, ennen kuin on ansassa.

Samaan aikaan Reeta ymmärsi ajatustensa kyynisyyden ja päätti nauttia tilaisuudesta. Hän painautui lähelle Markoa, varovasti herättämättä tätä, maailman paras paikka nyt. Mies avasi silmänsä ja mumisi hmm... ja veti Reetan tiiviisti lähelleen. Hellyyden tunne moninkertaistui. Reeta ei ollut koskaan kokenut tällaista tunnetta. Mistä tässä oli kysymys?

Markon silmät hymyilivät.

– Huomenta rakas, vihdoinkin sain herätä kanssasi.

Mies kietoi Reetan hellästi peittoon lähelleen.

– Ei suunnitella liikaa. Otetaan päivä kerrallaan, sanoi Reeta hätäisesti.

– Päivä kerrallaan sopii, kun ensin sanot, että rakastat minua, vastasi Marko.

– Rakastaminen on valtava sana, enkä tiedä mitä se tarkoittaa. Ollaan vain näin, ja olet minulle rakas. Ero Saulista kummittelee vielä pahasti. Hän uhkailee ja haukkuu minua. Olen kuulemma huonoin vaimo ikinä maailmassa, ja olen pilannut hänen elämänsä. Ei silloin kuulemma jätetä, kun mies on vaikeuksissa. En enää lue hänen viestejään. Seuranani on huono omatunto, vaikka tiedän, että hän ei ansaitse minua, ja me olemme eri maailmoista. Mikä minussa on vikana, kun olen valinnut aikoinaan hänenlaisen miehen?

– Hei hei hei... loppu tuolle puheelle, vaikka ymmärränkin sinua. Ihmettelen itsekin, miten saatoin olla näkemättä Saulin sairasta puolta. Hän on erittäin varovainen ja manipulatiivinen. Joskus sain tunteen, ettei kaikki ole niin kuin näyttää, mutta karistin sen pian pois. Mutta kun ei ole mitään konkreettista, niin ei halua uskoa pahinta.

– Minä en halua pilata loppuelämääni miettimällä Saulia ja omaa tyhmyyttäni, sanoi Reeta päättäväisesti.

– Selvä, laitetaan aamiaista, ja lähdetään vaikka luontoretkelle. Otetaan kahvit ja pullat mukaan. Käväisen ostamassa tuoretta leipää ja pullaa. Mitäs sanot?

Tuija katsoi ihmetellen Markoa. Miten helppo hänen kanssaan oli olla. Hänestä löytyi koko ajan uusia piirteitä, jotka yllättivät Reetan.

– En tiennyt, että olet luontoihmisiä.

– Kerään vain alkupisteitä, kun olen lukenut, että naiset pitävät luontoretkistä enemmän kuin seksistä, vastasi Marko pilke silmäkulmassa.

Reeta pyrskähti nauruun.

– Osut oikeaan, mutta se vaihe tulee vasta myöhemmin suhteissa.

Marko hyppäsi sängystä ja veti Reetan perässään.

– Kahvin keittoon siitä. Onhan sinulla termos, ja maito otetaan sitten eri pulloon. Ei maistu hyvältä, kun se on kahvin seassa seisonut.

– No niin sieltähän se tyranni tuli esille. Saatanhan keittääkin kahvit, jos ostat munkit mukaan.

– Siis yksi munkki ja kanelipulla minulle. Hyvinhän tämä yhdessäolo edistyy, virnisti Marko. Minulle kahvi ilman sokeria ja sinulle varmaan sokerin kanssa. Huh huh, kyllä on jo hankalaa.

Helena heräsi astioiden kilinään. Joni oli noussut sängystä herättämättä häntä. Helena oli nukkunut koko yön ensimmäisen kerran pitkään aikaan. Kahvin tuoksu oli viettelevän hyvä. Helena nousi ylös ja näki Jonin kattaneen aamiaispöydän.

– Huomenta aamunpeikko, en raaskinut herättää sinua, sanoi Joni hymyillen. Maistuuko sinulle kahvi?

Helena lähti nauraen peilin eteen ehostamaan itseään.

– Tiedän kyllä hurjan muutoksen yön aikana. Kaikki yölliset seikkailut sekoittavat hiukset, ja kasvotkin kuuluvat aamuisin jollekin muulle.

– Älä tee mitään, olet ihana oma itsesi. Tule pöytään.

Pöydällä oli leipää, mangomarmeladia, lautanen täynnä viipaloitua avokadoa, kurkkua, paprikaa, tomaattia sekä piinaatinlehtiä. Joni oli puristamassa appelsiinimehua tuoreista appelsiineista, joita he olivat ostaneet maalaismarkkinoilta. Heidän ihmetyksekseen markkinoilla myydään viisi kiloa mehuksi tarkoitettuja appelsiineja kahdella eurolla. Kolmesta appelsiinista saa kaksi täyttä lasillista. Joni täytti koko kannun mehulla.

– Voisin kyllä tottua tällaiseen kohteluun. Enpä muista milloin olisin päässyt valmiiseen aamiaispöytään. Miksi sinun kahvisi tuoksuu erilaiselta kuin tavallisesti?

Koko huone tuoksui kahville.

– Otin käyttöön espressokeittimen. Sillä saa aikaan todella hyvää kahvia. Kaapissa oli italialaista kahvia. Emäntäsi taitaa olla oikea kahvin erikoistuntia.

Hienoa, että nukuit hyvin. Lentosi on aika aikainen. Harmi että emme lennä samalla koneella. Miten haluat viettää viimeisen päivän täällä?

– Olen jo pakannut suuren osan ja loppusiivous jäljellä. Voisimme mennä illalla ulos syömään, jos haluat. Mennään vaikka taas rantaan Nautilukseen. Siellä on niin upeat maisemat, ja sisälle asti voi kuulla aaltojen lyönnit kivikkoiseen rantaan.

– Voitaisiinko puhua meistä, kysyi Joni anova katse silmissä?

– Älä näytä noin surkealta!

– No kun on viimeinen päivä, enkä pidä lomaromansseista. Haluathan tavata minut tämänkin jälkeen?

Helena katsoi miestä ihmetellen.

– Totta kai, haluan tavata sinut Suomessakin. Olenko huono ilmaisemaan tunteitani, kun epäilet minun kiintymystäni. Olen hieman epävarma, osaankohan seurustella, nauroi Helena.

Siitä on niin pitkä aika, kun olen ollut kenenkään miehen kanssa. En kai ole koskaan päässyt menneisyyden haamuista. Kokemukseni suhteessa Sannan isään ovat päässeet vaikuttamaan minuun liikaa. Ymmärrän, että olen antanut hänen käsityksensä minusta vaikuttaa liian paljon. Hän on ikään kuin määritellyt minun perusarvoni, sen kuka olen, vaikka suhteemme oli lyhyt. Tiedän, ettei hän koskaan nähnyt minua tai ymmärtänyt, millainen minä olen. Olimme aivan eri planeetoilta. Luulen, että sanat, jotka haavoittavat ovat yhtä vaarallisia kuin oikeatkin aseet. Sanat jäävät kaikumaan meihin liian pitkäksi aikaa. Nyt en voisi olla tekemisissä ihmisen kanssa, joka puhuu haavoittaen. Saatan olla tietenkin erityisen herkkä ainakin siitä päätellen, kuinka paljon vihapuhetta on nykyään. Luulen että suurin osa ihmisistä on paksunahkaisia.

– Jos haluat puhua asiasta, niin minulle olisi kunnia kuulla niistä tunteista ja tapahtumista, jotka ovat sinulle tärkeitä virstanpylväitä. Toivon, että luotat minuun niin paljon, että uskallat avata itseäsi. Meillä kaikilla on omat taakkamme, ja yhteys toiseen on minun mielestäni riippuvainen siitäkin, kuinka paljon uskallamme paljastaa haavoittuvaisuutemme. Tietenkin me kaikki tunnemme niitäkin, jotka saavat nautintoa itsensä paljastamisesta ja rypevät itsesäälissä jauhaen jatkuvasti niistä väärinkohteluista, joita ovat joutuneet kokemaan elämänsä varrella. En tarkoita sitä, että me palaisimme menneisyyden pimentoihin vaan, että ymmärtäisimme toistemme kipukohdat, jotta voimme päästä parempaan yhteisymmärrykseen ja eheyteen.

Minullakin on omat kipukohtani, ja olen elämässäni antanut niiden ohjata tekemisiäni. On tärkeää, että haavat tulevat näkyviksi. Silloin paraneminen voi alkaa. Usein ei uskallakaan nähdä kaikkea yksin. Käsi toisen kädessä auttaa. Ei sitä mikään terapeutti toiselle voi olla, mutta lähimmäinen ja uskottu. Olen väsynyt suhteisiin, jossa on liikaa peitettyä. Ei silloin voi oikeasti kohdata. Yksinäisyys suhteessa, on pahinta, mitä tiedän. Jos suhteessa on oikeaa rakkautta, uskaltaa päästää toisen lähelle, vaikka onkin kipeitä asioita sisällä. Kasvotusten ilman peitettyjä tunteita, eikä silloin käytetä toisen haavoja aseena, kun itse voi huonosti. Matka sinne on pitkä, mutta haluaisin tehdä sen sinun kanssasi.

Helena halasi Jonia, ja tulevaisuus oli täynnä lupausta.

– Sovitaanko, että kun olemme Suomessa, niin tarjoan illallisen sinulle ja Sannalle. Haluaisin mielelläni tavata hänetkin mahdollisimman pian

Aamiainen oli erinomainen. Helena levitti avokadoa leivälle ja katsoi Jonia pitkään. Oliko elämä ja fantasia kohdanneet. Tuntui sille, että haaveet saattaisivat tulla todeksi. Tätä hetkeä pitää hengittää syvälle.

Sanna oli sopinut tapaamisesta Tuijan kanssa. Nyt hän kuitenkin epäröi soittaa ovikelloa. Hän halusi jutella Tuijan kanssa Samin pahoinpitelystä. Hänen oli tehtävä kaikki, mitä voi Samin hyväksi.

Tuija tulikin avaamaan oven, ja Sanna astui sisään.

– Mukava nähdä sinua. Miten Amanda jaksaa?

– Hyvin, Amanda ei ymmärrä, mitä oli tapahtumassa. Emme ole kertoneet kaikkea hänelle. Siitä voisi olla enemmän haittaa kuin hyötyä. Hän on liian pieni kantamaan tällaista. Milloin äitisi tulee takaisin lomalta? Olemme äärimmäisen kiitollisia äidillesi. En pysty edes ajattelemaan, mitä olisi tapahtunut, jos hän ei olisi puuttunut tapahtumien kulkuun. Äitisi on tarkkanäköinen ja erittäin rohkea nainen. Olemme ikuisesti kiitollisia hänelle.

Se oikeudenkäynti on alkamassa pian, ja poliisi on kertonut meille, että on paljastunut suuri ihmissalakuljetusketju. Tämä poliisi oli yksi osa sitä. Satoja lapsia on kadonnut Euroopasta. Monet ovat yksin tulleita pakolaislapsia. Usein on luultu heidän kadonneen sukulaisten luokse toiseen maahan, eikä asiaa ole otettu vakavasti. Pakolaisleireillä yksin olevat lapsetkin ovat alttiita kaikenlaiselle väärinkäytölle. Tuhansia lapsia katoaa joka vuosi maailmassa. Aasian suurissa kaupungeissa on keskuksia, joista myydään lapsia. Monissa maissa hallitukset ovat korruptoineita. Virallinen politiikka ja näennäisesti demokraattiset arvot ovat vain säihkyvää pintaa. Käytännössä suljetaan silmät, ja kaikenlainen rikollinen toiminta rehottaa poliisien ja jopa hallituksen jäsenten kerätessä osuuksia.

On aina eri asia, kun eurooppalainen lapsi katoaa. Silloin kyllä löytyy resursseja tutkimiseen. En kritisoi sitä, onneksi näin oli meidän tapauksessa. En vain ymmärrä, kuinka vanhemmat jaksavat jatkaa elämää, jos lapsi on kadoksissa. Toivoisin että kaikki lapset olisivat yhtä tärkeitä. Mekin varmaan suljemme silmämme monilta väärinkäytöksiltä.

Kauhukuvat täyttävät vieläkin minun päiväni, ja minulla on vaikeuksia nukkua. Anteeksi paatos, mutta on niin eri asia nyt, kun on kokenut tämän. Onhan sitä aina tiennyt, että tällaista tapahtuu, mutta se ei ole tullut tunteisiin asti ennen kuin nyt.

– Toivon, että aika pystyy parantamaan haavojasi ja alat voida paremmin. Minäkin kärsin unettomuudesta ja painajaisista, mutta se tuntuu vähenevän pikkuhiljaa. Kyllä tämä on muuttanut sitä, miten kokee elämän. Halusin puhua kanssasi toisestakin asiasta, sanoi Sanna. Sanna kertoi Fadin käyttäytymisestä ja Samin pahoinpitelystä.

Tuija kauhistui ja uskoi, että oli hyvä jutella tästä Samirin kanssa.

– Tiedän, että he pitävät Fadia hiukan tuittupäisenä ja impulsiivisena. Hän on kai perheen mustalammas. Olen ymmärtänyt, että perheellä on ollut hankalaa hänen luonteensa kanssa. Samir on tulossa tänne kohta hakemaan lapsia luokseen viikonlopuksi. Jää odottamaan.

Tuija keitti kahvit ja naiset juttelivat kokemuksistaan elämästä veljesten kanssa.

– Ei ole aina helppoa ymmärtää sitä ajatusmaailmaa, kun ei ole koskaan edes käynyt heidän kotimaassaan. Samir on kertonut aika paljon siitä, miten asiat perheessä on järjestetty. Usein perheet asuvat yhdessä. Pojan vaimo muuttaa miehen kotiin. Hänen odotetaan hoitavan ruoanlaiton ja kotiaskareet anopin tarkan silmän alla. Perheen asiat menevät sen jäsenten edun edelle. Kaikkien on puhallettava yhteiseen hiileen. Nuoremmat taipuvat vanhemman edessä. Samir nauraa minulle, kun olen kuulemma niin itsenäinen ja itsepintainen, että en selviäisi viikkoakaan hänen kotonaan.

Ovikello soi ja Samir tuli sisälle.

– Haluaisin, että kuulisit mitä Sannalla on kerrottavaa. Sinun on kuitenkin luvattava, että et vie asiaa eteenpäin ennen kuin Sanna haluaa. Haluamme, että tiedät, mitä on tapahtunut.

Samir katsoi hämmästyneenä naisia.

– Selvä, haluaisin ensin kuitenkin kertoa, miten kiitollisia olemme äidillesi, kun hän auttoi pelastamaan Amandan. Hän on hieno ihminen. Joku muu olisi voinut ummistaa silmänsä ja todeta, ettei asia kuulu hänelle.

– Haluan kertoa sinulle jotain, mikä on todella vaikeaa minulle. Tämä vaivaa kuitenkin minua niin paljon, että haluaisin kuulla sinun mielipiteesi asiasta.

Sanna kertoi kaiken Samirille. Samir järkyttyi Sannan kertomuksesta.

– En voi uskoa, että serkkuni tekisi mitään tuollaista, mutta lupaan ottaa selville, miten hän nyt elää ja mitä hän tekee. Hänellä on ollut aina huono itsetunto jostain syystä, ja hän on usein joutunut pikkuvaikeuksiin. Hän ei oikein kestä kritiikkiä, ja vika on useimmiten hänen mielestään muissa. Ehkä se, että jätit hänet herätti hänessä jotain. Me olemme perheen kesken yrittäneet pitää yhteyttä häneen, mutta se on välillä vaikeaa. Hän on usein huonolla tuulella, eikä hän piittaa tavallisista arkipäivän asioista. Toivon, ettei hän ole ajautunut huonoon seuraan.

Samir loi helliä katseita Tuijaan. Tuija kutsui lapsia.

– Isä on tullut hakemaan teitä. Ottakaa reput mukaan. Sannakin on täällä. Tulkaa tervehtimään.

Lapset juoksivat iloisina Samirin syliin. Lapset näyttivät iloisilta ja hyvinvoivilta.

– Lähden tästä kauppaan ostamaan aamiaista huomiseksi. Äiti tulee lomalta. Oli ihana nähdä teitä kaikkia. Toivon, että voit vaikuttaa serkkuusi.

– Surullista, että sinun täytyy pelätä serkkuani. Hän on kyllä sukumme musta lammas. Taitaa olla kaikissa suvuissa sellainen.

Fadi ei ole kuitenkaan tietääksemme koskaan ollut väkivaltainen. Tutkin asian perin pohjin. Luota minuun. Haluaisimme tavata äitisi, sitten kun hänelle sopii.

Sanna ei uskonut Samirin puuttumisen asiaan auttavan, mutta kaikki keinot on oltava käytössä. Ehkä suvun silmälläpito rauhoittaisi miehen.

Samir mietti miten voisi auttaa Sannaa. Hän koki velvollisuudekseen tehdä vastapalveluksen. Samalla oli vaikea uskoa läheisen pahuuteen. Paha oli aina muualla. Hän soitti Fadille, ja he sopivat tapaamisesta kahvilassa Kampissa.

Fadi ilmestyi paikalle iloisen näköisenä muodikkaissa vaatteissa. Samirin oli vaikea uskoa, että mies olisi voinut olla pahoinpitelyn takana. Kun Fadi oli hyväntuulinen, hän oli karismaattisen viehättävä.

– Mitäs kuuluu, kyseli Samir? Ei olla tavattu pitkään aikaan.

– Todella hyvää! Minun pitikin soittaa sinulle ja kertoa. Sain ylennyksen töissä, ja lisäksi olen tavannut todella kauniin naisen. Olemme alkaneet seurustella. Saatte tavata hänet pian. Tällä kertaa aion mennä naimisiin heti, kun on mahdollista.

– Ai jaa, aika nopeaa toimintaa. Eikö olisi parasta oppia ensin tuntemaan toinen paremmin?

– Älä aina viitsi olla negatiivinen. Etkö tällä kertaa voisi olla onnellinen puolestani. Näkisit hänet, tosi seksikäs, häntä voi esitellä missä vain.

– Onko hän suomalainen?

– Ei hän on ulkomaalainen. En enää koskaan halua suomalaista naista. He ovat vaikeita, eivät osaa olla suhteessa. Ei ole ihme, että täällä ei synny lapsia ja avioerot ovat jokapäiväisiä.

Samir huokasi helpotuksesta. – Olet siis päässyt Sannan yli?

– Todellakin, suomalaiset naiset eivät tiedä kuinka kohdella miestä. Hyvä kun loppui.

Samiria ärsytti miehen tapa nähdä asiat aina mustavalkoisena. Yleistäminen oli asenteena niin alkeellista ja osoitti Samirin mielestä kypsymättömyyttä, joka oli huolestuttavaa. Fadi ei itse ollut hyvä huomioimaan muita. Nyt Samir päätti kuitenkin olla läksyttämättä miestä. Oli tärkeämpää säilyttää yhteys kuin olla oikeassa.

– Sinulla ei siis ole mitään tekemistä Sannan ystävän pahoinpitelyn kanssa? Puhun sinulle suoraan. Vai onko? Voit kertoa minulle, olemme kuin veljeksiä. Olemmehan kasvaneet samassa perheessä.

Fadi katsoi pitkään serkkuaan. Mistä sinä tiedät siitä?

– Tiedän vain, vastasi Samir.

– Mennyt on mennyttä, enkä aio puhua enää mistään Sannaan liittyvästä. Minulla on nyt uusi elämä.

– Sannan äiti pelasti minun lapseni kauhealta kohtalolta ja haluan sinun tietävän, että jos jotain tapahtuu Sannalle tai hänen ystävilleen, olet minulle vastuussa.

Fadi katsoi alas pöytään ja taipui vanhemman edessä.

– Lupaan jättää hänet rauhaan. Älä huolehdi Amanda on minullekin rakas.

Serkukset viettivät iltapäivän kertoen kuulumisia. Samir halusi pitää huolta Fadista. Se oli hänen velvollisuutensakin vanhempana perheenjäsenenä. Ehkä tämä vahvistaa sidettä perheeseen, mutta olisiko se tarpeeksi, jotta mies pysyisi kapealla tiellä. Tapaaminen ei karkottanut epäilystä serkun osallisuudesta pahoinpitelyyn. Samir päätti pitää tiheämmin yhteyttä mieheen.

Samir palasi sunnuntai-iltana Tuijan luo lasten kanssa.

– Olen tavannut Fadin. Hän ei tunnustanut tekoa, mutta nyt hänellä on uusi nainen, ja tein selväksi, että Sanna on jätettävä rauhaan. En kyllä tiedä, miten paljon hänelle merkitsee perheen hyväksyntä. Hän on kahden kulttuurin välissä eksyksissä. Hän ei enää kuulu kumpaankaan. Hän on syntynyt vasta sen jälkeen, kun perheemme tuli tänne, eikä hän ymmärrä, että olemme paenneet epäoikeudenmukaista, mielivaltaista ja väkivaltaista hallintoa. Väkivalta, kontrolli ja mielivaltainen vallankäyttö ovat monissa maissa ihmisten arkipäivää. Niin oli meidänkin maassa. Tavallisen ihmisen henki ei ollut minkään arvoinen. Julmatkin traditiot elävät omaa elämäänsä. Traditiot ovat tärkeämpiä kuin ihmiset. Monet vanhemmat haluavat nähdä jälkeenpäin hyviäkin puolia kotimaassaan, ja he kertovat tarinoita lapsilleen. Fadilla on vain kertomuksia kotimaasta, ei kokemuksia. Kun hän kohtaa vastoinkäymisiä, hän alkaa ihannoida juuriaan kritiikittömästi. Hän on luonut fantasia kotimaan, jollaista ei todellisessa elämässä ole. Ehkä se on hänen tapansa kohottaa itsetuntoa, mutta sillä ei pitkälle päästä.

Tuija katseli miestä ja mietti, millaisia kokemuksia mies kantoi sisällään. Samirissa oli jotain uskomattoman aitoa ja avointa, se kosketti.

– Tätä länsimaista parisuhteiden dynamiikkaa on varmaan vaikea ymmärtää silloin, kun on erilaisesta kulttuuritaustasta, pohdiskeli Tuija. – Meikäläisiä naisia pidetään usein vastuuttoman vapaina. Todellisuudessa kaikkien täällä kasvaneiden käytöstä ohjaa omatunto. Sääntöjä on, mutta ne on koverrettu ihmisten sydämeen, ne eivät näy ulospäin. Sääntöjen rikkomisesta seuraa useimmiten huono omatunto, jonka kanssa on vaikea elää.

Ryhmäkulttuurissa rangaistus usein ruumiillinen kuritus, kuten läimäytykset, sovittavat teon, eikä sitä tarvitse pohtia.

Kova kontrolli saattaa estää lapsia oppimasta itseohjautumista. Jos rangaistusta ja kontrollointia ei ole, ovat monet eksyksissä ja luulevat, että he voivat vapaasti tehdä mitä vain.

Täällä useimmat vanhemmat yrittävät opettaa lapsia pienestä pitäen ymmärtämään, mikä heidän oma osuutensa on riidoissa, ja mikä on väärin huonossa käyttäytymisessä. Siksi käyn lasten kanssa sitä sinun mielestä tarpeetonta ja loputonta keskustelua. Täydellisestihän tämä ei täälläkään onnistu, koska rikollisuutta ja huonosti käyttäytyviä ihmisiä on olemassa. Molemmista kulttuureista on opittavaa.

Täkäläisiä miehiä pidetään heikkoina, kun eivät näy osaavan kontrolloida naisten pukeutumista ja käyttäytymistä. Kyllä meilläkin on pukeutumissääntöjä, mutta niitä ei heti ehkä havaitse. Eräässä opettajankokouksessa oli luennoitsija valaissut asiaa kehottamalla miesten ja naisten vaihtavan vaatteita. Kukaan ei suostunut ehdotukseen. Sitten luennoitsija oli sanonut, että kun väitämme olevamme niin vapaita, niin otetaanpa paidat pois päältä. Sekään ei onnistunut. Uimarannalla voi vapaasti olla vähissä vaatteissa, mutta ei opettajainhuoneessa. Sitten hän kysyi osallistujilta, mitä he luulisivat naapureiden ajattelevan, jos rivitaloalueella naapurin Maija alkaisi pitää hijabia.

Muistan sinun kertoneen, että sinua häiritsi alkuaikoina, kun tulit tänne, että et voinut nähdä kuka nainen oli naimisissa, koska mitään ulkoisia merkkejä ei ollut. Sinun kulttuurissasi ei lähestytä naimisissa olevaa naista, joten et uskaltanut puhutella naisia. Täällä kaikkia naisia pyritään lähestymään ensin ihmisinä, sitten naisina. Naiset eivät ole vapaata riistaa, vaan nainen määrittelee itse, kenen kanssa haluaa olla tekemisissä. Tietenkin täälläkin osalla miehistä on kyseenalainen suhtautuminen naisiin.

– Minusta on tärkeää ymmärtää tosiasioita, eikä rakentaa vastakohtia, puolusteli Samir. Mikään ei ole mustavalkoista. Haluaisin Tuija olla lähempänä sinua ja lapsia. En tiedä, miten se tapahtuu, mutta olen kärsivällinen ja kuuntelen sinua paremmin kuin ennen. Voitko mitenkään kuvitella meitä vielä yhdessä?

Tuija ei olisi halunnut puhua asiasta.

– En halua loukata sinua. Voisimme ainakin säilyä ystävinä. En halua sitä ainoastaan lasten takia. Ymmärrän, että sinulla on ollut vaikeaa, eikä ole helppoa asettua vieraaseen kulttuuriin. Minulle on tärkeää, että voin kasvaa ihmisenä. Olen oppinut meistä sen, että olen liian mukautuvainen, enkä osaa pitää huolta itsestäni. Pelkään joutuvani jälleen altavastaajaksi. Sinulla on vahva luonne ja tiedät, mitä haluat. Perhe, koti ja työ ovat sinulle tarpeeksi. Minä olen heikkoreunainen, jonka toiveet ja tarpeet ovat vain aavistettavissa. Juuri kun saan kiinni itsestäni, olen taipunut johonkin, mikä ei ole minun omaani. En tiedä onko siihen mitään ratkaisua, mutta kun olen itsekseni, tunnen itseni ehjemmäksi. Sinä pidät itsestäänselvyytenä asioita, jotka eivät ole samassa määrin minulle tärkeitä.

Samir kuunteli tarkkana ja yritti ymmärtää Tuijan kuvailua.

– Se onkin sinussa parasta, ihanan pehmeä ja huomaavainen vaimoni.

– Mutta en halua olla sellainen. Se on vain asenne, jonka ole pienenä oppinut, koska en halunnut olla vaivaksi ja halusin helpottaa vaikeaa perhetilannetta. Minusta tuli näkymätön. Olen ollut aina näkymätön, helppo, tilaa ottamaton. Minä haluan itseni esille näkyväksi. Haluan olla hankalakin, jos tarvitsee. Haluan haluta.

– Halua minua, kiltti.

– En ole enää kiltti. Katsotaan, mitä tulevaisuus tuo tullessaan. En lupaa sinulle kuin ystävyyteni tällä hetkellä.

Sanna odotteli äidin taksia. Pian kuulikin avainten kilahtelun lukossa, ja äiti ilmestyi päivettyneenä, hyvinvoivan näköisenä keittiöön. Halaukset eivät tahtoneet loppua. Kyyneleet alkoivat valua Sannan silmistä.

– Mitä nyt? Miksi olet surullinen? Mitä on tapahtunut?

Kaikki ahdistavat kokemukset purkautuivat Sannan suusta.

– Ei sinun olisi tarvinnut yksin näitä kantaa.

– En halunnut pilata sinun lomaasi. Anteeksi, olen kyllä jo voinut paremmin. Ei ollut tarkoitus kaataa kaikkea heti sinun päällesi.

– Ystävä rakas, siksi meillä on vanhemmat.

– Miten sinulla on mennyt? Kerro kaikki, innostui Sanna!

– No tiedätkin, että tapasin miehen, joka on alkanut merkitä minulle aika lailla. Olemme samalla aaltopituudella. Tuntuu siltä kuin olisimme olleet ystäviä jo kauan ennen kuin tapasimme. Kun näin hänet ensikerran tunsin heti, että siinä hän on vihdoinkin. Mies, josta olen haaveillut koko elämäni, jota en uskonut olevan olemassa. Hänkin kertoi samanlaisesta tunteesta. Tämä tuntuu niin hyvältä, ettei uskalla edes hengittää. Pelko kuplan rikkoutumisesta on ilmassa. Tietenkään hän ei ole niin täydellinen kuin kuvittelen, mutta nautin tästä hetkestä täysin. Hän haluaisi viedä meidät ulos syömään joku ilta.

– Mahtavaa olenkin odotellut, milloin prinssi hurmaava astuu elämääsi.

– Miten Sami voi nyt?

– Hän on päässyt sairaalasta ja on toipumassa. Olisi voinut käydä huonomminkin. Hän toivoo, että meistä tulisi pari. Olemme käyneet samaa koulua, ja kaikki ystävätkin tuntevat toisensa. Olen aina pitänyt hänestä ystävänä, mutta nyt tunteeni häntä kohtaan ovat muuttumassa. Arvostan hänen tapaansa ajatella ja sitä hienoa arvomaailmaa, joka hänellä on. Hah hah, tuollaisen isän haluaisin lapsilleni. Hän olisi vaipanvaihtaja ja satsaisi lapsiin. Meillä voisi olla, vaikka koira ja kissakin.

– Ohho, kuulenko oikein? Onko joku kesyttämässä minun villin tyttäreni, nauroi Helena.

– En nyt vielä menisi niin pitkälle, mutta hän saa minut ajattelemaan hyviä ajatuksia ja arvostan sitä. Eikä kaikki ajatukseni häntä kohtaan olen niinkään viattomia. Hän on kuitenkin toipilas, joten täytyy odotella niiden toiveiden toteutumista kärsivällisesti.

– Kärsivällisyys ei ole ollut sinun vahva puolesi, joten onnea yritykseen, nauroi Helena.

– Vakavasti ottaen, olen kyllä muuttamassa omaan asuntoon. Vanha ystäväni on lähdössä kolmeksi kuukaudeksi ulkomaille. Saan vuokrata hänen asuntonsa siksi aikaa. Löydän kyllä sillä aikaa pysyvämmän ratkaisun. On aika, että itsenäistyn. En voi roikkua aina sinun helmoissa, on aika osata seisoa omilla jaloilla.

Helenan ilme vakavoitui. Hän tiesi tytön olevan oikeassa, mutta hän oli juuri iloinnut saamastaan seurasta.

Sanna kertoi innostuneena ideoitaan uudesta asunnosta. Hän voisi toteuttaa omia toiveitaan niin kuin haluaisi. Rahaa ei tietenkään ollut paljoa, kun opinnot oli suoritettava loppuun. Vapaus elää omaa elämää omien toiveiden mukaan tuntui riemulliselta. Helena ei voinut olla nauramatta tytön spontaanille innolle, se tempasi mukaansa.

Marko oli kertonut Reetalle olleensa yhteydessä Sauliin, koska mies oli pyytänyt häntä todistajaksi oikeuden käyntiin. Keskustelu oli kääntynyt vihamieliseksi, kun Marko kieltäytyi kunniasta. Hän oli saanut kerrottua Saulille, mitä ajatteli tämän kaksinaamaisuudesta, ja se oli helpottanut oloa. Puhelu oli päättynyt Saulin vihanpurkaukseen. Marko oli tietenkin Saulin mielestä tehnyt väärin ja oli petollinen. Se ei tullut yllätyksenä. Sauli ei nähnyt omaa osuuttaan asioihin ja syytti muita. Marko kehotti Tuijaakin kohtaamaan miehen ja kertomaan tälle siitä tuskasta, jonka miehen teot olivat aiheuttaneet. Se veisi askeleen eteenpäin surutyössä.

Sauli tulisi saamaan monta vuotta vankeutta. Jostain syystä se teki Reetan äärimmäisen surulliseksi. Hän suri sitä elämää, joka olisi voinut olla. Niitä mahdollisuuksia, jotka oli pilattu. Hän ymmärsi kuitenkin, että oli turhaa surra sitä, mitä ei koskaan voinut olla.

Reeta mietti, miksi Sauli oli, niin kuin oli. Hän tiesi liian vähän miehen perhetaustasta. He olivat olleet harvoin yhteydessä miehen perheenjäseniin. Sauli puolusti aina vanhempiaan, eikä heissä ollut mitään vikaa. Se oli ärsyttänyt joskus Reetaa. Ei kenelläkään ollut täydellisiä vanhempia. Sehän juuri on elämän suuri tragedia. Kaikilla on puutteita lämpimissä rakastavissakin suhteissa. Saulin pitäisi pystyä näkemään, että vanhemmat eivät olleet täydellisiä. Silti voi rakastaa ja kunnioittaa heitä. Jotain on mennyt todella pieleen hänen lapsuudessaan. Saulin olisi myönnettävä, että häntä on kohdeltu huonosti, ja se on saanut hänet voimaan pahoin. Silloin hän pystyisi näkemään itsensä hetken objektiivisesti ja huomaamaan ne asiat, jotka tuottavat tuskaa. Asiat, joita hän peittää niiden tuoman tuskan takia, oli tuotava valoon. Kykenemättömyys tuntea omia tunteita on aiheuttanut, ettei hän voi tuntea muita ihmisiäkään kohtaan mitään. Heitä voi käsitellä kuin pelinappuloita.

Reetasta tuntui nyt jälkeenpäin, että Sauli oli näytellyt alkuaikoina aviopuolisoa. Ne tunteiden osoitukset olivat tulleet aivan muusta lähteestä kuin rakkaudesta. Traagista oli kuitenkin, että Sauli ei ollut koskaan pystynyt puhumaan omista haavoistaan. Mutta nyt on jo myöhäistä. Tehtyä ei voi saada tekemättömäksi. Reetaa kauhistutti ajatella, mitä muuta mies oli tehnyt. Mitä hän oli onnistunut salaamaan. Poliisit tutkivat rahakätkön alkuperää, mutta eivät ole paljastaneet mitään epäilyksistään Reetalle.

Reeta oli vastahakoisesti suostunut Helenan pyyntöön tavata Tuija. Sanna oli kertonut Tuijalle Reetasta ja siitä, miten Sauli oli pettänyt häntä ja elänyt kaksoiselämää. Tuijalle Sauli oli sanonut olevansa eronnut jo monta vuotta sitten. Tuija oli nielaissut valheen, ja nyt hän haluaisi tavata Reetan, jos tämä vain suostuisi.

Reeta näki Helenan tulevan saman naisen kanssa, jonka hän oli nähnyt Saulin seurassa Linnanmäellä. Hän tunsi tuskan vatsanpohjassa, mutta samassa tunne hävisi. Reeta ehti tunnistaa tunteen mustasukkaisuudeksi ja oli hämmästynyt. Tunne oli varjo menneisyydestä.

Heidän seurassaan oli myös kaunis nuori nainen, jota hän ei ollut nähnyt ennen. Reeta meni avaamaan oven.

– Hei! Oletpa ruskea. Taisi olla hienot ilmat.

– Aivan ihanat ilmat ja upea ympäristö. Tässä on tyttäreni Sanna, ja tämä on Tuija Amandan äiti. Otin hänet mukaan, kun ajattelimme, että teidänkin olisi hyvä tuntea toisenne. Tässä pullapitko, keitetäänkö kahvit.

– Keitetään koko pannullinen. On niin paljon puhuttavaa, vastasi Reeta.

Tuija kertoi Reetalle kaiken suhteestaan Sauliin ja sanoi, ettei mies ollut kuitenkaan koskaan kiinnostunut hänestä, eikä suhde ollut kehittynyt intiimiksi.

Reeta kertoi tuntevansa syyllisyyttä Amandan kohtalosta, vaikka olikin ollut täysin tietämätön asiasta. Hänen olisi pitänyt ymmärtää sellaista, mikä ei ollut näkyvissä. Valheen harso oli peittänyt totuuden.

– Mitä muuta ympärilläni tapahtuu, mistä minulla ei ole aavistustakaan?

Elämän turvaverkko oli saanut repeämän. Hän oli joutunut kasvotusten todellisuuden kanssa. Asenteet ihmisiin ja olosuhteisiin oli arvioitava uudelleen.

Tuija ja Reeta tunsivat saavansa helpotusta huonoon oloonsa. Puhuessaan toistensa kanssa he ymmärsivät olevansa molemmat uhreja pahuuden julmassa leikissä. Naiset tunsivat ennen kokematonta yhteyttä toisiinsa. Reeta oli kiitollinen Helenalle. Helenan viisaus oli tuonut ystävän Reetan elämään sen sijaan, että hän olisi kokenut loppuelämänsä tulleensa petetyksi tuntemattoman naisen kautta.

Sanna kertoi Reetalle Amandan katoamisesta ja Helena Espanjan tapahtumista. Reetasta tuntui, että kaikki tämä oli vain kuvitelmaa. Ei tällaista ole voinut oikeasti tapahtua.

Sanna kertoi myös viimeaikaisista tapahtumista ja epäilynsä entisen poikaystävänsä osuudesta pahoinpitelyyn. Reetaa lohdutti naisten lämmin läsnäolo. He olivat yhteen liitetyt näkymättömin langoin. Totuus asioiden kulusta auttoi käsittelemään tapahtunutta. Ystävyyden lämmin side kasvoi naisten välille. Ei tarvinnut selitellä, yhteys oli olemassa.

Kesä oli ohi, ja syksy oli jo pudottanut melkein kaikki lehdet puista Suomessa. Kesän aikana ystävyyssuhteet olivat lujittuneet. Langanohuet vahvat säikeet olivat sitoneet ystävykset tiukasti yhteen. Tapaamiset olivat seuranneet toisiaan. Helena mietti, miten hienoisista säikeistä kudottu ystävyys oli alkanut. Elämän kutoma verkko olisi voinut erottaa ja tuhota, mutta nyt se oli pelastanut heidät ja vetänyt heidät pinnalle. Voimat pinnan alla olivat epäonnistuneet. Nyt he olivat vahvempia yhdessä.

Reeta oli halunnut koota kaikki ystävät yhteen lempipaikkaansa Punta Primaan. Iltatuulessa oli jo syksyn aavistus läsnä. Aurinko paistoi kuitenkin täydeltä terältä vielä päivisin, ja uimarannat olivat täynnä väkeä. Syyskuu ja lokakuu olivat täällä parasta aikaa. Ei ollut liian kuuma, ja merivesi oli vielä lämmintä.

Ilta alkoi hämärtyä. Naurava joukko uimapuvuissaan, pyyhkeet ympärillä, lähestyi keittiön ovea. Reeta avasi oven, joka avautui sisäpihan uima-altaalle. Kauniit kukkaistutukset ja aurinkotuolit koristivat pihaa. Altaanreunalla istui vielä muutama asukas siemaillen viiniä tai olutta. Joitakin auringonpalvojiakin näkyi vielä nurmikolla nauttimassa illan viimeisistä auringonsäteistä.

Reeta oli kutsunut uudet ystävänsä lomalle luokseen. Sanna ja Sami kiipesivät kolmanteen kerrokseen, jossa he yöpyivät. Joukkoon oli liittynyt myös Tuija ja Samir, jotka yöpyivät toisessa kerroksessa. Heidän huoneensa oli ollut ennen Reetan makuuhuone, mutta hän ei halunnut enää asua siellä. Reeta oli saanut pitää avioerossa asunnon. Reeta ei ollut mistään hinnasta halunnut luopua asunnosta. Hänellä oli ihania muistoja paikasta. Harvoin he olivatkin olleet täällä yhdessä perheenä. Ne muistot olivat jo aikaa sitten haalistuneet.

Asunto oli tilava ja suunniteltu suurperheen tarpeisiin. Nyt sinne oli helppo majoittaa suurempikin joukko ystäviä. Olohuoneessa oli vedettävä vuodesohva, jos sattuisi tulemaan enemmänkin vieraita. Reeta ja Marko nukkuivat kolmannen kerroksen makuuhuoneessa. Reeta oli tehnyt sen omakseen. Se oli ollut aina hänen lempihuoneensa talossa. Nyt hän oli kerännyt kaikki lempitavaransa ympärilleen. Julian pehmonalleja oli kerääntynyt nojatuolin täydeltä. Ne lohduttivat Reetaa nyt, kun Julia oli mummolassa. Reetan silmiin osui pörröinen apina, jolla oli tarrat käsissä, joilla se voi roikkua, vaikka puissa. Hän ihmetteli hetken lelua. Hän ei muistanut Julialla olleen sellaista.

Makuuhuoneesta oli käynti parvekkeelle, ja näköala oli upea. Talojen kattojen yli näkyi palmupuisto ja meri. Iltaisin laivojen valot näkyivät taianomaisina ja saivat mielikuvituksen liikkeelle. Aamuisin auringonkajo näkyi usvaisena ja satumaisen kauniina.

He olivat Markon kanssa aamuvirkkuja ja saattoivat jo ennen muiden heräämistä käydä rannalla katsomassa merta. Tänään se oli ollut kummallisen rauhallinen. Lähes peilikirkas pinta huokui rauhaa, joka tarttui katsojiin.

Helena ja Joni olivat myös tulleet Punta Priimaan. He asuivat Balconesissa Jonin asunnossa. Sanna ja Sami oli myös kutsuttu sinne asumaan. He olivat kuitenkin jääneet Reetan luo, kun he olivat tulleet muiden kanssa jo muutamaa päivää aikaisemmin.

– Tulisitte nyt meidän luokse asumaan, opittaisiin tuntemaan toisiamme paremmin. Tekisit äitisikin iloiseksi, jos olisit meidän luona Samin kanssa.

– No katsotaan, voidaan tullakin, eihän meillä ole paljoakaan tavaroita, käsimatkalaukut vain. Tehän lähdette takaisinkin aikaisemmin kuin me. Voitaisiin olla siellä muutama päivä, ja sitten kun lähdette takaisin, tulemme takaisin tänne.

– Saatte kyllä asua meilläkin, mutta teette niin kuin parhaaksi katsotte. Nuoripari voisi ehkä kaivata omaa rauhaa, veisteli

Joni. Sami katsoi virnistellen Sannaan ja sanoi olevan vaikeaa kieltäytyä tuollaisesta tarjouksesta.

Illalla koko joukko kerääntyi grillaamaan Reetan pikkupihalle. Marko oli käynyt ostamassa tuoreita chorizoita ja broileria. Kylmässä oli San Miguelia ja Estrellaa. Naiset olivat keittiössä tekemässä salaattia. Joni halusi välttämättä tehdä guacamolea ja tunki itsensä keittiössä naisten väliin.

– Tule tänne oluelle ja grillaamaan, huusivat Marko ja Samir.

– No en tule, täällä on tarvis tehdä grillidippiä. Minä olen dippimaestro, kehui mies pilke silmissä. Chili, lime, tuore rouhittu mustapippuri, valkosipuli sekä oliiviöljy sekoittuivat kätevästi avokadoon. Jonin sormi upposi sekoitukseen ja nautinnollisesti hymähdellen mies maistoi teostaan.

– Taitaa puuttua suola, ja sitten maailman paras dippi valmis.

– Mene pois kehumasta, komensi Helena virnuillen. Saat kohta tietää, mitä raati on mieltä asiasta. Voisitko laittaa jääkaappiin vielä lisää Cavaa, kuplivaa. Sen pitää olla sitä "Brut traditionalia". Espanjalaiset ystävät väittävät sen olevan jopa terveellistä, ilman sokeria kuulemma tehty. Lasi päivässä olisi paikallaan.

Ilman täytti grillin houkutteleva tuoksu, ja naisetkin tulivat ulos pöydän ääreen. Jonin dippi sai täydet pisteet, ja ruoka maistui kaikille hyvässä seurassa.

Marko oli printannut ginrommi pelin ohjeet, ja he istuivat myöhään yöhön pelaten korttia. Joukko oli niin suuri, että he joutuivat pelaamaan neljällä pakalla. Peli oli tehty vaikeaksi, ja säännöt oli kirjoitettu paperille. Omaa vuoroa joutui välillä odottelemaan. Vuorot menivät usein sekaisin, liekö syynä väsymys tai viinin vaikutus, mutta siitä huolimatta kaikki nauttivat pelistä. Naurun remahdukset täyttivät tasaisin välein ilman.

Tunnelma oli välillä vakavampikin, kun vanhat muistot tulivat jollain pintaan. Reeta oli saanut jälleen uhkaavan viestin Saulilta. Reeta kertoi, että kuuden vuoden tuomio saattaa pian kääntyä kolmeksi vuodeksi, ja mies saattaa vain kasvattaa vihaansa tänä aikana. Reeta pelkäsi joutuvansa pelon kierteeseen ja miettivänsä jatkuvasti Saulin kostoa. Eihän miehen päähän saa tervettä suhtautumista asiaan.

– Ei kukaan normaalin harkinnan omaava ihminen jäisi sellaiseen suhteeseen, julisti Joni. Älä edes mieti asiaa siltä kannalta. Ei sinun tarvitse tuntea syyllisyyttä erosta.

Ystävykset lupasivat olla Reetan tukena, kun se päivä tulee, jolloin Sauli pääsee vapaaksi. Nuoruuden valinnat saattavat heittää varjonsa koko loppuelämään. Yhteinen lapsi monimutkaistaa kaiken. Reeta ei halunnut missään nimessä Saulin saavan tavata Juliaa. Tuomio takasi yksinhuoltajuuden. Julia tosin kaipasi isäänsä aluksi ja kyseli tämän tästä, milloin isä tulisi kotiin. Reeta ei luottanut mieheen, eikä halunnut tätä tyttären elämään. Vanhempana hän voisi itse päättää, minkälaisen suhteen hän halusi isäänsä.

– Ihana kun tulitte yhdessä tänne, Tuija ja Samir, sanoi Helena.

– Niin, jatkoi Sanna, oletteko nyt virallisesti pari. Samir katsoi kysyvästi Tuijaan.

– Sen minäkin haluaisin tietää, vastasi Samir nauraen. No, kyllä siihen taitaa olla vielä matkaa. Meillä on paljon selvitettävää, ennen kuin kuvittelemme voivamme asua yhdessä. Olemme kuitenkin hyvällä alulla, ja kaikki meidän suhteen parannukset ovat hyväksi lapsillemme. Lapset on asetettava etusijalle. Se on meille molemmille selvä asia.

Muiden mentyä nukkumaan Helena ja Tuija jäivät vielä juttelemaan.

– Et sanonut mitään aiemmin, kun Samir kertoi suhteestanne. Mitä sinä ajattelet teistä. Tuleeko teistä vielä pari.

Tuijan silmät kostuivat, ja hän katsoi käsiinsä.

– Minun on vaikea puhua asioista, kun olen tottunut miettimään kaikkea yksin. Luotan kuitenkin sinuun, ja olinkin ajatellut kysyä mielipidettäsi. Kun Samir oli kotimaassaan ja minä yksin lasten kanssa tajusin, että olin aloittanut suhteen, liian kepposesti. Pakenin yksinoloa, hän sai minut tuntemaan itseni rakastetuksi. Hänen vahva luonteensa sai minut tuntemaan oloni turvalliseksi. Se minkä käsitin rakkaudeksi, saattoikin olla kontrollia. Samirin laittoi minut jonkinlaiseen yleiseen vaimorooliin. Hän ei ollut kiinnostunut minusta eikä minun tunteistani riittävästi. Ulkoiset asiat ja arjen piti juosta takkuilematta. Laitoin omat tarpeeni sivuun ja toteutin roolia tunnollisesti. Samalla kadotin jatkuvasti itseäni enemmän.

Minun oma tarinani onkin juuri ongelmallinen, kun olen ollut aina toisella sijalla jo lapsuuden kodissani. Samirilla on vaikeus nähdä persoonallisuuden rajoja. Olen usein vain hiljaa ja ihmettelen, kun ääntäni ei kuulu. Onhan se niinkin, että eri kulttuureissa on erilaiset käsitykset, siitä kuinka lähellä toista ihmistä voi olla. Tämä on kuitenkin jotain muuta.

Kun hän oli kotimaassaan, hän oli itsekin huomannut, miten erilaisia ihmissuhteet ovat silloin, kun kasvaa suurperheessä. Silloin kaikki kontrolloivat kaikkia, ja jokaisella on oma tehtävänsä perheessä. Mies on perheen pää, ja lapset tottelevat kyselemättä. Perheen vahvuus on tiukoissa perheenjäsenten välisissä suhteissa. Se mikä näkyy ulospäin, on tärkeintä. Yksilöllisyys on pahasta. Samir huomasi esimerkiksi, että hänen uudet ruokatottumuksensa eivät saaneet hyväksyttävää vastaanottoa. Kaikkien on syötävä samaa ruokaa. Poikkeamista ihmetellään ja siitä nostetaan usein numero. Mies on ensin vanhempiensa lapsi sitten vasta aviopuoliso. Vanhemmat huomioidaan ensin, ja kaikki tehdään heidän ehdoillaan. Arvojärjestystä kunnioitetaan, kaikissa oloissa vanhempi aina ensin, sitten tulee koulutus ja sosiaalinen asema. Perheen vahvuus takaa sen jäsenten menestymisen. Yksin ei kukaan selviä. Suhteet ovat se verkosto, joka takaa yksilöiden selviytymisen. Siksi muiden mielipiteet perheestä ja sen moraalista on tärkeintä. Yhteiskunnan tukirakenteita ei useinkaan ole olemassa.

Meillähän on vanha kristitty arvomaailma, vaikka sitä ei enää tiedosteta. Mies erotkoon isästään ja äidistään ja liittyköön vaimoonsa. Monet yhteisperheiden miehet eivät ole koskaan tulleet itsenäiseksi, ja kun he menevät naimisiin liittyvät he tiiviisti vaimoonsa. Tämä aiheuttaa lukuisia ongelmia seka-avioliitoissa, jossa itsenäinen nainen joutuu jatkuvasti puolustamaan persoonallisuutensa rajoja. Ryhmäkulttuurissa on ryhmä identiteetti.

Tämä on yleistämistä. Tietenkin eri perheissä on eri traditiot. Joissain perheissä huomioidaan lapset yksilöllisemmin kuin toisissa. Mutta en usko, että Samir on koskaan ennen ollut yksin. Se on pahin mahdollinen kohtalo hänen kulttuurissaan.

Onhan yksinoleminen vaikeaa meidänkin kulttuurissa. Ei niistä tunteista vieläkään puhuta avoimesti. Monet näyttävät reipasta naamaa, vaikka sisällä ovat onnettomia ja kipuilevat yksinolonsa kanssa.

Tällaisia mietteitä minulla on. En kuitenkaan ole tarpeeksi vahva, jotta haluaisin riskeerata vasta löytynyttä itseyttäni. Siksi en halua asua yhdessä ainakaan vielä.

Olen nähnyt, miten monet tytöt syöksyvät suin päin avioliittoon tai suhteeseen, kun kokevat, että he saavat paljon huomiota ja heidät asetetaan keskipisteeksi. Olisi terveellistä käydä miehen kotimaassa ja nähdä millainen perhetausta miehellä on. Vanhempien vaikutus ei useinkaan lakkaa, vaikka asuttaisiin eri maissa. Perheen tunneilmapiiri ja jäsenten väliset suhteet sekä traditiot vaikuttavat vähintään yhtä paljon kuin täällä. Monissa maissa ehkä enemmänkin, kun kasvatus on usein vaativampaa ja ehdottomampaa. Järki ja tunne olisi oltava mukana suhteissa. Heh heh, enkös olekin jälkiviisas. Sitä ei kyllä huomannut Sauli episodissa. Ei paljoakaan auttanut, vaikka oltiin samasta kylästä. Olenkin alkanut miettiä, mikä saa minut valitsemaan miehet elämääni.

– Huomaan että olet kasvanut viisaaksi naiseksi, sanoi Helena. Olisi meille kaikille parhaaksi, jos mietittäisiin järjelläkin ihmissuhteita. Usein rynnätään suin päin tunnemyrskyssä suhteeseen, joka romahtaa samalla vauhdilla kuin syntyikin. Minä olen huono esimerkki, kun tunteeni Jonia kohtaan pyyhkii pois järjen rippeetkin. Kuljen edelleenkin leijaillen. Haluan vain elää päivä kerrallaan enkä murehtia, mitä huominen tuo tullessaan. Vuosikausia olin niin varovainen, etten uskaltautunut suhteisiin. Varoin ja kiersin kaukaa mahdollisuudet. Nyt haluan elää hetkessä. Tiedän, että kaikella on hintansa, mutta tästä onnesta en luovu.

– Sinulla on varmaan hyvä olla Jonin kanssa, siksi olette yhdessä. Minäkin haluan suhteen, jossa ei tarvitse olla varpaillaan ja yrittää miellyttää. Suhteen, jossa voi olla oma itsensä ja silti kokea olevansa rakastettu. Haluan ihmissuhteen, jossa toinen osaa antaa tukea niissä asioissa, joissa tarvitaan. Tukea on myös pystyttävä ottamaan vastaan. Miehet, jotka ovat aina oikeassa ja tietävät kaiken parhaiten, eivät enää kuulu minun suosikkeihini. Oma epävarmuuteni kaikesta on ollut vaikeaa, mutta jos jotain hyvää on tullut suhteestani Samiriin, lasten lisäksi on se, että olen löytänyt rajojani. On oikeus ottaa omaa tilaa. Se ei ole itsekkyyttä. Seuraava miessuhteeni on oltava molempien kunnioitukseen perustuva. Jos se ihminen on Samir, niin tulevaisuus näyttäköön.

Helenan oli pakko halata Tuijaa.

– Hienoa, olet todella matkalla elämään silmät auki.

Auringon kajastus taivaalla sai naiset luovuttamaan, ja nuk-
kuminen puolelle päiville houkutteli molempia. Helena kömpi
olohuoneen vuodesohvalle Jonin viereen, ja uni tuli heti.

Sauli istui autossa käsiraudoissa. Kaksi poliisia oli viemässä häntä Vantaalle vankilaan. Hänen vähäiset henkilökohtaiset tavaransa olivat mukana. Sauli koki itsensä yksinäiseksi ensimmäistä kertaa elämässään. Reetan lähettämät eropaperit olivat allekirjoittamatta. Hän ei aikonut tehdä sitä, vaikka tietysti ero tulisi voimaan silti. Ystävistä ei ollut kuulunut mitään. Kukaan ei ollut käynyt häntä katsomassa. Marko oli pettänyt hänen luottamuksensa. Ensimmäisen kerran hän oli pysähtynyt miettimään elämäänsä. Vankilassa kun ei ollut muuta tekemistä. Olihan hän epäonnistunut osittain. Kuusi vuotta kopissa kauhistutti. Tuomion pituudesta ei kuitenkaan voinut olla varma. Olihan paljon asioita, jotka puhuivat hänen puolestaan. Onneksi suurin osa rahoista oli tallessa. Se lohdutti vähän.

Joutuessaan pidätysselliin, ovien sulkeutuminen takana oli aiheuttanut paniikkia. Hän ei mahtunut selliinsä. Seinät kaatuivat päälle. Hän oli aina ollut liikkeessä ja vauhti oli usein ollut päätä huimaavaa. Ei siinä aina ehtinyt miettiä tarkkaan tekemisiään. Oli epäinhimillistä sulkea tällä tavoin ihmisiä kuin eläimiä häkkeihin. Hän oli joutunut pyytämään tabletteja paniikkiinsa, ja olo oli hieman helpottanut. Nyt häntä ahdisti uuteen selliin joutuminen ja se ettei hänellä ollut kontrollia omasta elämästään.

Tultiin perille, ja Sauli otti tavaransa. Toinen poliiseista antoi kirjeen Saulille.

– Ai niin, tämä oli tullut sinulle.

Sauli katsoi kirjettä, mutta ei tuntenut käsialaa. Kotiuduttuaan selliinsä hän avasi kirjeen. Se oli Jaanalta.

"Kuulin, että olet joutunut vankilaan. Surullista. En oikein ymmärrä syitä, mutta olet ollut minulle aina rakas. Et ehkä muista minua lapsuudesta, mutta jo silloin ihailin sinua. Koin yhteyttä sinuun, koska meillä oli niin samanlaiset kotiolot. Meidän molempien isät ryyppäsivät ja muistan, kun sinun isäsi hakkasi teitä aina kännipäissään. Minunkin kotona oli aina kaaosta. Juhlat kesti usein aamuyöhön ja oli paras olla poissa jaloista. Ällöttävät kännikalat kävivät muutoin kopeloimaan. Koulussa olin aina väsynyt enkä jaksanut keskittyä. Kaikki oli niin kaukana minun arjestani. Olisin silloin halunnut jutella kanssasi. Sinä tunnuit pärjäävän hyvin, vaikka tiesin, että sinulla oli kotona vielä vaikeampaa. Näin sinun äitisi monta kertaa mustelmilla. Isäsi taisi olla aika peto. Haluaisitko kirjoitella kanssani? Voisin vaikka tulla katsomaan, jos haluaisit. Olen miettinyt omaa elämääni ja haluaisin jonkinlaisen tasapainon. Sitä ei taida tulla ennen kuin näkee omat ongelmansa. En oikein usko, että voisin puhua asioista muille, kun oma kotitausta aiheuttaa niin paljon häpeää. Sinä olet ainoa ihminen, jonka uskon ymmärtävän mistä on kysymys".

Ystäväsi Jaana

Sauli tuijotti kirjettä kauan, ja kyyneleet alkoivat vieriä pitkin poskia. Hän ei tiennyt miksi itki. Jotain aukesi hänen sisällään. Muistojen virta tulvahti ja täytti tuskalla koko kehon. Hän huusi ääneen. Pois, pois, hänen on päästävä pois. Samalla hän tiesi, ettei paluuta ole enää. Itseään ei voi paeta. Kauan hän oli pitänyt muistot tallessa, pimeydessä. Hän aavisti vain ajoittain niiden yhä olevan pinnan alla. Hän oli vahtinut tarkasti, ettei niitä päässyt pintaan. Hän karttoi ja vähätteli kaikkea, mikä muistutti niistä. Annokset koventuivat ajan kuluessa. Nyt koko rakennelma luhistui kuin korttipakka.

Vartija tuli ovelle ja kysyi, miksi hän huusi. Tarvitsisitko jotain rauhoittavaa? Sauli puisti päätä, ja vartija katosi. Hänestä tuntui kuin koko keho olisi haavoilla. Nyt on aika antaa haavojen parantua. Aavistus jostain terveemmästä täytti tietoisuuden. Olisi ehkä mahdollista käsitellä sitä tuskaa, joka oli tehnyt asunnon häneen. Yhdessä Jaanan kanssa voisi käydä kotipaikalla. Muisto kotipihasta laukaisi suunnattoman surun tunteen. Sauli ei ollut koskaan surrut mitään, ja tunne pelotti häntä. Suru oli syvää, pelko siihen hukkumisesta ahdisti. Samalla surussa oli läsnä pisara ennen kokematonta lämpöä itseä kohtaan.

Jari oli heikkona hetkenään tunnustanut tekonsa. Olihan poliiseilla tarpeeksi todistusaineistoakin tuomitakseen hänet pitkäksi aikaa vankilaan. Hän alkoi tavallaan viihtyä tässä ympäristössä. Kaikki oli niin ennalta suunniteltua säännöllistä, että se loi turvallisuudentunteen, johon Jari ei kuitenkaan täysin luottanut. Hän joutui oleskelemaan samoissa tiloissa todellisten rikollisten kanssa, ja se kauhistutti häntä. Täällä ei voinut luottaa kehenkään. Vartioidenkin käytös oli suurimmaksi osaksi kylmää ja liian karskia.

Ympäristöllä oli myös positiivisia vaikutuksia mieheen. Hän oli alkanut kiinnostua omasta kunnostaan ja oli nyt kävelemässä ensi kertaa elämässään kuntosaliin. Astuessaan sisään näki hän heti vanhan koulukaverinsa Saulin punnertamassa. Mitä hemmettiä, hänhän oli poliisi. Onko hän peitetehtävissä? Ei kyllä onnistu täällä näin pienissä kuvioissa. Jari lähestyi Saulia, ja Sauli hämmästyi nähdessään Jarin.

– Mitä helvettiä, mitäs sinä täällä teet?

Saulin ilmeessä oli ihastuksen sekaista kunnioitusta, jota Jari ei ollut ennen nähnyt. Oliko vankilatuomio nostanut hänet arvoasteikossa ylöspäin. Tämä huomio sai hymyn Jarin kasvoille.

– Samaa voisin kysyä sinulta.

Kaverukset lyöttäytyivät yhteen ja kertoivat toisilleen asioita, joita he eivät olleet ennen kertoneet kenellekään. Jostain kummasta syystä heidän välilleen kasvoi pikkuhiljaa syvä yhteenkuuluvaisuuden tunne ja luottamus. Sauli ymmärsi hyvin Jarin ajatusmaailmaa, ja he kokivat asioita samalla tavalla. Sauli osasi lohduttaa Jaria, kun tämä kertoi pieleen menneestä pommituksesta.

– Pääasia on, että tarkoitus oli oikea. Seuraavalla kerralla operaatiot on tehtävä tarkemmin, lohdutti Sauli.

Sauli ei ollut kuitenkaan kertonut omasta osuudestaan ihmiskauppaan ja toivoi, ettei tieto siitä leviäisi vankilaan. Luultaisiin vielä, että hän olisi joku sairas pedofiili. He eivät selviä helpolla vankilassakaan. Jari luuli hänen olevan talousrikollinen ja mustan rahan haalija.

He jakoivat saman arvomaailman, ja Jari sai hänet innostumaan taistelusta isänmaan vapauttamiseksi kaikesta vieraasta ja epäsuomalaisesta. Jari alkoi taas uskoa vankkumattomasti taistelun välttämättömyyteen.

Jari puhui myös muille vangeille poliittisen vastarinnan tärkeydestä. Ulkomaalaiset olivat ottamassa vallan Suomessa. Demokratia oli tekemässä itsemurhaa. Suomalaiset jäävät pian vähemmistöksi, ja muutaman sukupolven kuluttua sharia lait ovat vallalla koko maassa. Suomalaisten syntyvyys on lähes olematonta, ja ulkomaalaisilla on suurperheitä. Ulkomaalaisten kiinnostus politiikkaan on kasvamassa, ja pian he voivat äänestää läpi, mitä ikinä haluavat. Tähän on saatava muutos ajoissa. Tästä kehityksestä on jo paljon esimerkkejä näkyvissä Ruotsissa.

Päivisin kaverukset suunnittelivat erilaisia skenaarioita, joilla veisivät asiaa eteenpäin vapauduttuaan. He käyttäytyivät erinomaisesti vankilassa ja toivoivat pääsevänsä vapaaksi muutaman vuoden kuluttua hyvän käytöksen vuoksi.

Sauli haaveili kostosta ja mietti miten toteuttaisi suunnitelmaansa niin, ettei jäisi kiinni. Ne, jotka luulivat voivansa puuttua hänen elämäänsä, saavat katua.

Jari opiskeli netissä kaikkea mahdollista, mistä olisi hyötyä tulevissa puhdistuksissa. Heillä oli päämäärä ja keinoja niiden toteuttamiseen. Hänellä oli paljon kontakteja, ja he päättivät käyttää Jaanaa kuriirina turvallisuus syistä. Nainen tekisi mitä vain, kun Sauli vain pyytäisi. Oli osattava valita oikeat ihmiset lähelle, ja nyt heillä oli toisensa. Kaverukset voimaantuivat toisistaan ja kokivat pystyvänsä lähes mihin tahansa. He tiesivät, mitä tahtoivat tulevaisuudelta.

Sanna ihmetteli sitä läheisyyttä, joka oli Samin ja äidin välillä. Sami saattoi pelleillä äidin kanssa ja sai hänet usein nauramaan. Nytkin tuntui siltä kuin äiti ja Sami suunnittelisivat jotain. Heidän välillään oli jokin salaperäinen yhteys. Sannan mieleen tuli se kylmäkiskoisuus, joka Fadilla oli ollut äitiä kohtaan, ja hän nautti nyt näkemästään.

Fadi oli yrittänyt katkaista kaikki hänen siteensä muihin ja siten pitää hänet tiukasti itsellään. Hän ei ollut edes tavannut omia hyviä ystäviään lopuksi. Mies ei ollut koskaan suoraan sanonut vaatimuksia, mutta ne pystyi tuntemaan ja aistimaan. Välillä Sanna epäili omaa mielenterveyttään ja koki kuvitelleensa asioita, jotka eivät olleet todellisia. Hän oli aiemmin jutellut tästä äidin kanssa. Äiti kertoi olleensa samanlaisessa suhteessa Sannan isän kanssa. Mies oli ollut erittäin epäluuloinen ja syytti Helenaa jatkuvasti olemattomista suhteista. Pian mies oli kuitenkin lähtenyt selitystä jättämättä.

Tuija oli kertonut Sannalle, että Samir piti perhettä ja sukua kaikkein tärkeimpänä. Perheeseen ei useinkaan lueta naisen sukulaisia. Näin ei kuitenkaan ollut hänen perheessään. Monissa kulttuureissa vaimo kuuluu häiden jälkeen miehen sukuun ja usein sen alimmalle asteelle hierarkiassa. Sanna oli lukenut asiasta. Häntä kauhistutti, että joissain kulttuureissa vanhemmat eivät ennen vanhaan edes menneet siihen kylään, johon tytär oli naitettu. Jos he olivat matkalla samaan suuntaan, he ohittivat kylän kaukaa pysähtymättä. Onneksi tällaiset vanhat traditiot olivat katoamassa. Nykysukupolvissa näkyi kuitenkin vielä kaikua vanhoilta ajoilta.

Keittiön täytti ihana kahvin tuoksu. Sanna nuuhki tuoksua ja näki katetun aamiaispöydän. Joni puuhasi keittiössä.

– No sieltähän se viimeinenkin unikeko tulee. Haluatko minun maailman parasta kahviani.

– Totta kai, jos jaksat laittaa, sanoi Sanna ja halasi Jonia.

Sinä voisit pitää minusta aina tällaista huolta. Voin sitten sanoa puolestasi kehuja äidille. Olet kyllä niin hyvä kokki, että pysyvämpikin suhde äidin kanssa olisi mieleeni, virnuili Sanna.

– Etköhän sinä olisi jo tarpeeksi vanha hankkimaan oman kokin, laukoi Joni takaisin. Sami on muuten paistanut nämä munakkaat. Niissä on sipulia ja chiliä. Taitaa olla muutakin seassa. Kannattaa harkita, ovat niin hyviä. Minä taas haluaisin yksinoikeuden äitiisi.

– Unohda se, olen ollut aina äidin pikku kullanmuru ja aion olla jatkossakin, nauroi Sanna.

Sanna sai valmiin aamiaisen, ja hän nautti puheensorinasta. Ulkona taivas oli kirkkaan sininen eikä pilviä näkynyt lainkaan.

Aamulla osa joukosta lähtee Suomeen. Olisi viimeinen ilta yhdessä.

Illalla koko poppoo käveli kohti ranta ravintolaa. He olivat varanneet pöydän ja halusivat juhlistaa viimeistä yhdessäoloiltaa hyvän ruoan merkeissä. Rannalle johtava katu oli täynnä pikkukauppoja ja kahviloita, jotka tarjosivat erilaisia tapaksia ja olutta erikoishintaan. Vähäpukeiset englantilaiset istuivat omissa kahviloissaan ja seurasivat kadun elämää suuret olutlasit, pintit kädessä. Mainokset tarjosivat englantilaista aamiaista, papuineen, mustalla makkaralla ja Heinzin tomaattimurskalla, kuudella eurolla.

Kun rannan lähelle oli noussut muutama vuosi sitten valtavia kerrostaloja, vanhat asunnot kerrostalojen takana olivat menettäneet merinäköalansa, mutta silti niissä oli jäljellä vanhaa charmia ja nostalgiaa. Uudet asunnot upeine uima-altaineen, panoraama näköaloineen ja kuntosaleineen, olivat menneet kuin kuumille kiville, vaikka olivat ylihintaisia.

Ravintola oli melkein täynnä ja meluisa asiakasjoukko, joka koostui pääosistaan espanjalaisista, nautti viihtyisästä ympäristöstä. Asiakkaat tilailivat kiinnostavan näköisiä annoksia. Tuoksu oli lähes taivaallinen. He istuutuivat pöytäänsä ja nauttivat merinäköalasta. Kaikki tilasivat ensin juomia ja syventyivät sitten ruokalistaan. He päätyivät tilaamaan tapaksia. Pian pöytään kannettiinkin höyryäviä pikkupatoja lihaa, simpukoita, katkarapuja, chilejä, täytettyjä oliiveita, sardiineja ja patonginpaloja. Viini ja olut maistuivat. Kaikki maistelivat kaikkea, maljoja kohotettiin ja puheita pidettiin.

Sanna näki Helenan menevän keittiöön ja ihmetteli asiaa. Ruokailun päätteeksi tarjoiltiin jälkiruoka. Tarjoilija toi mahtavan näköisiä kakkupaloja pöytään. Sanna sai kakkupalan, jossa oli pieni aarrearkku keskellä ja teksti "Mennäänkö naimisiin". Sanna katsoi Samia, joka oli aivan punainen kasvoiltaan. Aarrearkussa oli kaunis sormus ja Sanna näki ihmeekseen Samin ottavan sen. Mies meni polvilleen ja kysyi, – Tuletko vaimokseni? Tyttö katsoi hämmentyneenä ympärilleen. Ravintolan asiakkaat tuijottivat. Sannan silmistä alkoi valua kyyneleitä. Hän tunsi, kuinka kaikki muurit hänen sisällään murtuivat. Nauru ja itku tuli samaan aikaan.

Sannaa huvitti samalla hetken kliseemäisyys. Luulivatko kaikki miehet että, kosiminen oli tehtävä näin. Kaikki heidän ystäväpiirin miehet olivat kosineet samaan tyyliin. Paitsi, että hän oli kuullut ystävästään, joka oli mennyt aamulla vessaan ja vessapaperissa luki "mennäänkö naimisiin". Onneksi Sami oli ollut viisaampi. Sanna tunsi kaikkien katsovan häntä.

– Sano jo, anoi Sami.

– Kyllä tietty, ootko tosissasi, sai Sanna vaivoin sanotuksi.

Sormus sujahti pikaisesti Sannan sormeen, ennen kuin tyttö ehtisi katua vastaustaan.

Samin kosinta ei jäänyt huomaamatta ravintolassa. Suuri joukko oli seurannut tapahtumaa, ja kaikki alkoivat taputtaa. Ravintolan täytti onnittelujen häly, ja vieraat alkoivat tilata juomia heidän pöytäänsä. Pian maljoja kohotettiin heidän kunniakseen. Sanna loisti onnellisena, huomion keskipisteenä. Sami sai onnitteluita, ja Sannaa kehuttiin kauniiksi morsiameksi. Mikä upea päätös heidän viimeiselle illalleen! Sanna oli onnellinen, kun kaikki hänelle tärkeät ihmiset olivat saaneet olla mukana. Sami oli hänen tunteidensa paras tulkki. Kosinta oli ensin tuntunut naivilta ja hieman liian siirappimaiselta, mutta nyt Sanna nautti täysin rinnoin osastaan.

Jonnekin kauas oli kuitenkin jäänyt pelko, jostain lähes maagisesta pahasta, joka voisi uhata heidän onneaan. Sanna sulki kuitenkin oven sinne ja toivoi olevansa väärässä. Hän kuitenkin tiesi suljetun oven olevan olemassa, ja se sai hänet olemaan varuillaan.

Juhliminen jatkui iloisena aamuyöhön asti. Ikuisen ystävyyden valoja vannottiin. Tulevaisuus oli täynnä hiljaista lupausta. Elämän hyvyys ja kauneus olivat käsin kosketeltavaa. Tie tähän oli ollut pitkä, ja he kaikki olivat kokeneet asioita elämässä, jotka olivat auttaneet heidän silmiään näkemään ja korviaan kuulemaan, sitä mikä on arvokasta elämässä. Se kenen seurassa kulkee, on ratkaisevaa. Menneisyyttä on ymmärrettävä, jotta siitä voi päästää irti.

Aamulla talo oli tyhjentynyt, ja Marko ja Reeta olivat kahden. Pitkin pöytiä oli likaisia astioita muistuttamassa eilisestä. Marko otti Reetan syliinsä ja rutisti.

– Siivotaan tämä sotku myöhemmin. Ei olisi pitänyt päästää ketään kotiin ennen kuin auttoivat jälkien korjuussa. Olisi pitänyt takavarikoida matkalaukut, kunnes pinnat olisivat kiiltäneet. Mokomatkin sottapytyt. Tämä pitää pistää korvan taa tulevaisuuden varalle.

Marko esitti oivallisesti harmistunutta isäntää. Reetaa huvitti miehen vakuuttavat ilmeet.

– Voitaisiin tilata siivooja ja lähettää lasku heille!

– Sepäs olisi sopivaa, virnuili Reeta. Otetaan vaan rennosti ja mennään aikaisin nukkumaan. Ei tällainen juhliminen enää tässä iässä toimi. Olo on kuin kuivaksi puristetulla tiskirätillä.

Illalla Reeta kömpi aikaisin nukkumaan, ja Marko seurasi perässä. Marko nukkui levottomasti ja heräili vähän väliä.

Keskellä yötä hän heräsi säpsähtäen ja näki valokiilan valaisevan ja liikkuvan makuuhuoneessa. Mitään ääntä ei kuulunut. Varjot liikkuivat hiljaa. Hän näki, kuinka he avasivat laatikoita. Ainakin toisella näkyi kädessä olevan aseen varjo. Miehillä oli otsalamput, joten kädet olivat vapaina. Marko teeskenteli nukkuvansa. Reeta kääntyi ja laittoi kätensä Markon vatsan päälle. Marko uskalsi tuskin hengittää. Hän toivoi, ettei Reeta heräisi.

Mielessään hän kävi läpi eri vaihtoehtoja kylmän rauhallisesti. Se tosiasia, että miehillä oli aseita, sai hänet jäämään paikoilleen.

Miehet siirtyivät toiseen huoneeseen ja pitkän ikuisuuden kuluttua kuului kevyt oven loksahdus. Marko nousi ylös ja siirtyi varovasti katsomaan, olivatko miehet poistuneet asunnosta. Asunto oli tyhjä. Hetken harkinnan jälkeen Marko herätti Reetan.

– Älä nyt säikähdä, mutta meillä oli yöllisiä vieraita. Heräsin, kun huoneistossa oli kaksi miestä otsalamppujen kanssa. Meidän on ilmoitettava poliisille.

Reeta hieroi silmiään.

– Oletko tosissasi, mikset herättänyt minua. Onko meidät ryöstetty?

– Heillä oli aseet, meillä ei. Minusta oli parempi, ettet joutunut tilanteeseen. Ilmoitan poliisille ja sitten tutkimme, mitä he veivät. Tällaista tapahtuu kai useinkin täällä. Ovat varmaan seuranneet meitä. Luulivat varmaan kaikkien poistuneen aamulla. Minun puhelimeni on ainakin tallessa.

Poliisit tulivatkin pian paikalle. Reeta ja Marko olivat käyneet läpi paikkoja, mutta eivät havainneet mitään kadonneeksi. Sohvapöydällä oli Markon lompakko koskemattomana. Lompakko oli jätetty auki, mutta rahat olivat tallessa. Reetan uusi puhelinkin oli pöydällä.

Poliisitkin olivat sitä mieltä, että tässä oli jostain muusta kuin ryöstöstä kysymys. Reeta kertoi Amandasta, ja poliisit miettivät yhteyttä. Ehkä Saulin Espanjan yhteyshenkilöt ovat jääneet jotain paitsi. Poliisit kertoivat pureutuvansa asiaan. Alueella oli kameroita, ja he aikoivat jäljittää yölliset vieraat.

– Heidän on lähes mahdotonta päästä verkosta, koska yöllä on vähän väkeä liikkeellä ja paljon kameroita. Mistä he tulivat sisälle?

– Meiltä jäi terassin ovi auki, joten he saattoivat vain kävellä sisälle, vastasi Marko. Olisivat varmaan tulleet muutenkin sisään jotain kautta. He olivat hyvin varustautuneen näköisiä. En pystyisi tunnistamaan heitä lampuista huolimatta. Kasvot olivat hämärässä kuitenkin.

Poliisien lähdettyä uni ei enää tullut. Reeta halusi pois asunnosta. Vieraiden läsnäolo omassa kodissa oli perustuksia ravisteleva kokemus.

– Lähdetään pois, haluan kotiin Suomeen. Nyt haluan Julian luokse, vaikka hän viihtyykin hyvin Iidan kanssa mummolassa.

Marko kiersi kätensä Reetan ympärille ja silitti hänen poskeaan. Uni ei kuitenkaan tullut koko yönä.

Sauli heräsi pahoinvoivana. Ärtymys ja melkein raivo täytti hänen mielensä. Saatanan saatana, hän hyppäsi ylös ja alkoi hakata ovea ja seiniä. Vartijat tulivat paikalle ja käskivät hänen rauhoittua. Kehottelusta huolimatta raivo vain kasvoi. Hän tajusi sisällään olevan pedon, joka uhosi kyltymättömänä. Varjoissa oli pieni poika, joka seurasi näytelmää hiljaisena. Pian hänen läsnäolonsa saattoi vain aavistaa. Pedon raivo oli kuin isän, hänen paiskatessa keittiön pöydän ja tuolit säpäleiksi. Samalla hän löi rikki kodin lämmön ja turvallisuuden.

Sauli sai rauhoittavan piikin ja lähetteen lääkärille. Rauhoittavien lääkkeiden päivittäinen käyttö tainnutti pedon raivon.

Sauli muuttui taas pikkuhiljaa omaksi itsekseen. Hän päätti kirjoittaa Jaanalle. Olisi kuitenkin hyötyä, jos joku kävisi katsomassa ulkopuolelta. Jarilla ja hänellä oli suunnitelmia, joihin he tarvitsivat naisen. Hänellä ei ollut mitään kontaktia vanhempiinsa, eikä hän edes tiennyt olivatko he hengissä. Siskoaan hän ei ollut nähnyt kymmeneen vuoteen. Jaana saisi kelvata.

"Moikka! Olin yllättynyt, kun sain sinulta kirjeen. Totta kai voit tulla katsomaan minua. Olet ollut mielessäni siitä lähtien, kun tapasimme viimeksi. Miten voisin unohtaa niin kauniin naisen kuin sinä. En mielelläni kaivele menneitä. Turhaa ajan hukkaa. Ei menneitä voi muuttaa. Mutta tule käymään. Voisitko tuoda minulle tupakkaa tullessasi."

Enemmän kuin ystäväsi Sauli

Sauli oli ihmeekseen hyvillään Jaanan tulosta. Näkisivät vankilakaveritkin, miten hyvännäköinen nainen hänellä oli. Jossain hiljaisuudessa, alkoi kuitenkin avautua mahdollisuus pikkuhiljaa tunnustella sitä haavaa, joka ei ollut parantunut. Se ei ollut enää samanlaisen vihan alla, jotain oli pehmentynyt.

Hän odotti kärsimättömästi pääsyä kuntosaliin. Oli aika tehdä suunnitelmista totta. Jari oli jo ollutkin yhteydessä joihinkin ryhmänsä jäseniin.

Sauli näkikin ystävänsä kuntosalin perällä. Joukko kovamaineisia tatuoituja miehiä lähestyi. Sauli hymyili heille hieman epävarmana. Hiki kihosi otsalle, ja paha aavistus vavisutti. Miehet piirittivät hänet. Sauli etsi katseellaan vartijaa, muttei löytänyt. Rokonarpinen kookas mies alkoi töniä Saulia. Muut muodostivat piirin ympärille. Sauli näki silmäkulmastaan Jarin juoksevan jonnekin. Rokonarpinen kähisi jotain. Sauli erotti vain puheesta vain osan.

– Saatanan pedofiili tekopyhä kyttä.

Mies kouri Saulin jalkojenväliä ja kähisi korvaan, – Lähdet täältä kyrpä kainalossa.

Samassa vartijat olivat paikalla, ja tilanne oli ohi. Sauli tärisi kuin horkassa. Tulevaisuus oli muuttanut suuntaa, eikä luvannut hyvää. Hän oli hetkessä tipahtanut kaikkivoipaisesta saaliiksi.

Loppusyksystä Helena sai kutsun Fadin häihin. Samir piti häntä kuin perheenjäsentä. Sanna kieltäytyi heti kutsusta. Samin pahoinpitelyä ei ollut pystytty selvittämään. Sanna oli kuitenkin varma Fadin osallisuudesta, eikä hän halunnut olla missään tekemisissä miehen kanssa. Helenakaan ei halunnut mennä häihin. Hän halusi olla tyttärensä tukena. He kieltäytyivät kohteliaasti.

Joni ja Helena olivat tulleet talveksi Punta Priimaan. He viihtyivät toistensa seurassa. Yhdessä he suunnittelivat, mitä kasvattaisivat kattoterassi puutarhassa. Yrttien osto oli ensimmäisenä Jonin listalla. Torreviejan markkinoilla oli runsas valikoima.

– Jos me olemme täällä pitkään, voisimme kasvattaa omat squashit ja melonit. Mitäs sanot siihen?

Helena katsoi Jonia ja hymyili.

– Minä voisin olla täällä koko talven, ihanaa saada olla sinun kanssasi. Tämä talo on kuin unelma ja sinä sen prinssi.

– Kuningas minä olen ja sinä kuningatar. Me vaellamme täällä markkinoilla ja rannoilla onnellisena elämämme loppuun asti. Miehen mahtipontisuus huvitti.

Helena nautti kasvisten ja hedelmien väristä, tuoksusta ja muodoista. Täällä on niin paljon erilaisia vihanneksia ja tuoreita auringossa kypsyneitä hedelmiä. Helena valitsi erimuotoisia sipuleita ja tomaatteja. Keittiössä hän asetteli sipulit suureen vanhanaikaiseen lasipurkkiin, jonka hän oli nähnyt hylättynä keittiön kaapin nurkassa. Purkin hän asetti tiskipöydän kulmaukseen, ja se sai seuraa tomaateista, jotka olivat kauniilla vadilla. Joni katseli ihastuneena hänen kädenjälkeään.

– Miten sinä näet kaiken kauniin ja osaat asetella sen upeasti.

– Helppoahan se on, kun voi keräillä Jumalan puutarhasta, nauroi Helena. Granadassa sanotaan luonnonmukaisesti kasvavia puutarhoja Jumalan puutarhaksi. Se on Helenan mielestä kauniisti ja osuvasti sanottu. Miksi parannella sellaista, mikä on jo täydellistä. He olivat tutustuneet upeisiin puutarhoihin. Heidän kattopuutarhansa oli vaatimattomampi. Osa vihanneksista kasvoi, miten halusi ja sekaisin toistensa kanssa. Siemenet putoilivat kypsinä, mihin halusivat ja mihin saattoivat juurtua. Yksi puutarhalaatikko oli sekaisin kukkia, yrttejä ja vihanneksia. Ne tuottivat parhaan sadon. Heidän tehtävänsä oli vain auttaa luontoa tehtävässään. Laatikot olivat kuin taideteoksia, jotka muuttivat muotoaan joka vuosi.

Heidän päivänsä olivat täynnä aurinkoa, rantoja, eväskoreja, kirjoja, hyvää ruokaa ja viiniä. Kumpikin oli rakastunut tähän paikkaan ja siihen läheisyyteen, joka heidän välillään oli. He osasivat arvostaa sitä kauneutta ja rauhaa, mikä heitä ympäröi eikä mitään tuntunut puuttuvan. Keskustelun aiheet eivät loppuneet koskaan. He olivat usein valveilla myöhään yöhön. He suunnittelevat bussimatkoja paikkoihin, joita halusivat nähdä. He vaelsivat kaduilla ja kirkoissa. Helena rakasti tunnelmaa kirkoissa, vaikka nykyään useissa oli liikaa turisteja ja kauppatavaraa. Se pilasi tunnelman. Jeesushan kaatoi temppelin myyntikojut. Sanoma ei ole vieläkään mennyt perille. Joissain kirkoissa hän aisti syvän iankaikkisuuden läsnäolon. Silloin hän jätti sinne rukoukset rakkaiden puolesta, varmuuden vuoksi.

Puutarhaa he eivät halunneet jättää moneksi päiväksi, vaikka naapuri kävikin kastelemassa. Siellä oli aina jotain tapahtumassa. Milloin piti kerätä kypsät vihannekset, kylvää uutta tai kerätä siemeniä. Nyt oli kasvamassa tomaatteja, paprikoita, herneitä, kikherneitä ja yrttejä. Suomesta tuodut makeat mansikantaimet istutettiin vapaasti kasvavien laatikoihin ja jännityksellä jäätiin odottamaan, miten ne saavat tilaa ja viihtyvätkö ne seurassa. Kylmä talvi ei täällä tullut katkaisemaan kasvua. Helenalle avautui kokonaan uusi maailma.

Pienet asiat ovat kasvaneet suuriksi. Se mikä on monille itsestäänselvyys ja mikä ohitetaan usein kiireesti, oli heille arvokasta ja pysähtymisen arvoista. Elämä oli täyttä ja onnellista. Helena valitti joskus, että näin ei voi jatkua, jotain tapahtuu. Voiko elämässä saada näin paljon onnea. Silloin Joni aina rauhoittelee häntä.

– Ehkä olemme joutuneet paratiisiin. Ehkä se on nyt jo olemassa. Ei meidän tarvitse tuntea syyllisyyttä, jos olemme onnellisia. Ei se ole pois keneltäkään. Emme tee muuta, kun nautimme yksinkertaisesta elämästä. Kiitollisuus elämälle sen kauneudesta on aarre, jota vaalimme. Aarre, jonka löytäjä voi luopua ilolla kaikesta muusta. Tästä saa voimaa. Sitä jaksaa kantaa paremmin muiden taakkoja, kun on itse kunnossa. Onnellisuus on uskallettava omistaa.

Kaiken Jonin vakuuttelunkin jälkeen Helenalle jäi aavistus elämän oikullisuudesta. Syvällä jossain, hän kuuli äänensä sanovan, että jotain oli jäänyt kesken. Hänen piti tutustua itseensä, nyt hän oli kuitenkin tutkimusmatkalla Joniin. Katsoessaan mieheen, hän tunsi suurta hellyyttä. Hän karisti pikaisesti pois tunteen lähestyvästä vaarasta.

Talven mittaan he saivat monia puheluita ystäviltä. Tuijakin kuulosti iloisemmalta ja energisemmältä kuin ennen.

– Olemme muuttaneet Samirin kanssa yhteen. Nyt tuntuu niin erilaiselta. Se on kummallista, että luulee tuntevansa toisen perin pohjin, mutta silti toisesta paljastuu aivan uusia puolia. Kiitos niistä neuvoista, joita olet minulle antanut. Me emme nyt kasaa negatiivisia tunteita välillemme niin kuin ennen. Olemme huomanneet, että puhuminen on parasta terapiaa. Onhan sen aina tiennyt, mutta asioiden saaminen käytäntöön vaatii päättäväisyyttä. Samirkin on pystynyt avautumaan, ja hän osaa kuunnella minun kantaani asioihin. Olemme hyvällä alulla.

Minä harjoittelen olemaan itsenäinen, vaikka olenkin yhdessä toisen kanssa. Samir on mukana tässä hienosti. Hän huomauttelee lempeästi huumorilla minulle, kun olen lipsunut tekemään asioita, joita en haluaisi, joita teen vain miellyttääkseni muita.

Lapset nauttivat yhdessäolosta ja Samir järjestää meille usein hauskaa tekemistä. Yletön huoli lasten turvallisuudesta hälvenee pikkuhiljaa. Alussa emme uskaltaneet päästää heitä silmistä. Luottamus elämän jatkumiseen kasvaa kuitenkin päivittäin.

– On hienoa kuulla, että uskalsit yrittää uudelleen. Täällä on aivan ihanaa ja mekin nautimme yhdessäolosta. Kaipaamme kuitenkin teitä ystäviä. Tulkaa käymään, jos teillä on mahdollisuus ottaa vapaata. Täällä on aika viileää talvi-illoin ja öisin, mutta aurinko lämmittää ihanasti päivisin. Olisi ihana vaihtaa kuulumisia kahvikupin ääressä.

– Se olisi ihanaa! Churrot paksulla suklaalla maistuisi.

Juttelen Samirin kanssa asiasta. Jos hän ei pysty niin voisin tulla yksinkin käymään, vaikka vain joku viikonloppu, ihan ilman lapsia.

Kuulostaa hienolta, peräti itsenäiseltä, nauroi Helena.

Marko ja Reeta seurustelivat, ja Marko oli useammin Reetan luona kuin kotonaan. He tekivät viikonloppuisin pitkiä luontoretkiä yhdessä, ja usein he ottivat Reetan veljen tytön Iidan mukaan Julian seuraksi. Kevääksi he olivat suunnitelleet pitkän loman Punta Priimaan, ja he halusivat tytöt mukaan. Yhdessäolo oli alkanut tuntua niin hyvältä, että he halusivat pysyvämmän ratkaisun asumiseen.

Reeta oli pitkään haaveillut pääsevänsä talvea karkuun pysyvämmin. Kylmää hän ei pelännyt, mutta pimeä pitkä kausi kävi masentamaan. Joskus se iski syksyllä kuin olisi juossut suoraan päin seinää. Siksi hän oli aikoinaan hankkinut asunnon auringosta. Haave Espanjaan muutosta oli ollut usein mielessä. Menneet tapahtumat nostattivat molemmille toiveen suuremmasta muutoksesta elämässä. Vietettyään aikaa Punta Priimassa he jäivät kaipaamaan elämää siellä. Ehkä etäisyys Sauliin ja vaikeisiin kokemuksiin vaikutti heidän ratkaisuihinsa. Eivät he halunneet paeta tunteitaan, mutta he kokivat olevansa vapaampia muualla, missä ympäristö ei koko ajan muistuttanut menneisyydestä.

Keväällä he halusivat tutkia, mitä mahdollisuuksia heillä olisi asua siellä. Liput oli jo ostettu ja virkavapaat anottu. Suomalainen koulu Orihuelassa ratkaisisi kouluongelman. Työpaikat olivat ongelmallisempi asia. Raha ei kuitenkaan ollut kaikki kaikessa. Vähemmälläkin tulisi toimeen. Reeta haaveili yksinkertaisesta arjesta. Markon läheisyys riitti antamaan onnentunteen arkeen.

Reeta oli innoissaan muutosta. Hän oli viettänyt aikaisemmin usein viikkoja talvella asunnossaan Julian kanssa. Nyt hyvät ystävät olisivat suurimman osan vuodesta lähistöllä. Helena oli oikea tukipilari, ja Reeta kaipasi juttutuokioita ystävänsä kanssa. Siellä oli muutenkin helppoa oppia tuntemaan ihmisiä. Lämpö ja ikuinen kesä sulattivat suomalaistenkin jähmeän sydämen. He olivat paljon avoimempia ja ystävällisempiä kuin useimmat Suomessa. Saattaahan se olla niinkin, että ne, jotka muuttavat ulkomaille ovat jo alkuaankin hieman avoimempia uusille asioille kuin paikoilleen jäävät.

Sanna ja Sami suunnittelivat häitä. Helenan mielipidettä kysyttiin useasti. Eräänä lauantaiaamuna Joni ja Helena saivat kuitenkin aivan erilaisen puhelun. Sanna soitti ja Joni vastasi puhelimeen.

– Hei, äiti on suihkussa, mutta minä voin jutella, jos kelpaan.

– Kelpaat hyvinkin. Halusinkin jutella myös sinun kanssasi. Meillä tulisi avoimeksi yksi kunniapaikka erittäin tärkeään tehtävään. Meille tulee tarvetta täyttää isoisän paikka. Meistä sinä olet ehdottomasti paras mies tehtävään, jos olet valmis siihen.

Jonin silmät kostuivat, ja hän pidätteli kyyneleitä.

– Saat vanhan miehen kyynelehtimään. Ihanko totta, olet raskaana. Tietysti haluan olla kunniatehtävässä koko sydämestäni. Hän onkin sitten minun ensimmäinen lapsenlapseni. En uskonut koskaan saavani perheenlisäystä, kun omia lapsia ei ole. Nyt tuntuu siltä, että tämä saattaa täyttää minussa jotain, mitä en ole edes aavistanut. Saanhan kertoa äidille tästä. Hän soittaa sinulle, kun on tullut suihkusta. Onnea teille molemmille! Voitko muuten hyvin?

– Älkääkä heti alkako huolehtia. Kaikki on paremmin kuin hyvin, isoisä.

Joni aavisti tytön hymyilevän ja se sai leveän hymyn hänenkin kasvoille. Helena tuli huoneeseen ja näki sen.

– Mikäs nyt noin hymyilyttää, ihmetteli Helena.

– Minusta tulee isoisä, vastasi Joni.

Helena hämmästyi, ja hän mietti hetken.

– Sinusta tulee isoäiti, mummu Helena. Eikö olekin ihanaa.

Helenan silmät kostuivat ilon kyynelistä. Hän oli saanut elämältä kaiken. Tyttären onni oli parasta maailmassa. Helena soitti Sannalle ja jutteli pitkään Saminkin kanssa. Hänellä oli hieno lämmin ja huomaavainen vävy. Hän oli onnellinen, kun tiesi ettei hänen enää koskaan tarvitsisi seisoa keittiön ikkunassa odottamassa turhaan tytärtään. Hän voisi silloin, kun halusi tavata tytärtä ja tulevaa lapsenlastaan, ovet olivat aina auki.

Helena oli miettinyt nuorten haluttomuutta lasten hankintaan aina välillä. Olisi upeata saada lapsenlapsi, vaikka joskus tuntui siltä, että tämä maailma ei ansainnut pieniä viattomia lapsia.

Väkivalta, sodat, sairaudet ja se tosiasia, että elämä aina päättyi kuolemaan, toi ahdistavan perusvireen elämään. Helena onnistui kuitenkin aina tarttumaan niihin positiivisiin ajatuksiin, jotka toivat iloa ja kiitollisuutta. Onnellisuus tuli niistä pienistä, hienoista asioista, joita arjessa oli.

Helenan ja Jonin päiviin tuli uusi ulottuvuus. Elämän jatkuvuus tuli konkreettiseksi. He saivat uusia puheenaiheita. Ympäristöstä huolehtiminen ja aktiivisuus paremman tulevaisuuden luomiseksi tuleville sukupolville loivat uutta perspektiiviä elämään. Uusia tehtäviä oli edessä, eikä sohvalle jääminen ollut mikään vaihtoehto enää. Uusi jännittävä tulevaisuus alkoi kajastaa horisontissa. Heidän oli aika kerätä kortensa yhteiseen kekoon. Mutta ensiksi oli kerättävä grillikatoksen viinirypäleet, ennen kuin linnut ehtivät edelle. Appelsiinimarmeladin tekokin oli vielä kesken.

Kevät oli jo pitkällä ja koivut hiirenkorvilla. Belinda oli kevätsiivonnut kodin ja odotteli miestään kotiin. Ruoka oli valmista. Hän oli laittautunut erityisen hienoksi miestä varten. Peilissä näkyi kaunis tummasilmäinen nuori nainen. Naisen katse oli surullinen. Hän näki sen itsekin. Haave onnellisesta kodista ja elämästä oli tavoittamattomissa. Hän näki elämänsä surun harson takaa. Tekipä hän mitä tahansa, oli mies kumman tyytymätön, jotain tuntui puuttuvan kuitenkin. Hän ei osannut tehdä miestä onnelliseksi. Miehen katseesta puuttui se lämpö, joka siinä oli ollut avioliiton alkuaikoina. Ehkä tänään hän onnistuisi palauttamaan läheisyyttä suhteeseen.

Fadi istui kahvilassa ja selaili puhelimensa valokuvia. Hän selaili niitä päivittäin. Sanna oli niin uskomattoman kaunis, vain häntä varten luotu.

Heti ensimmäisen avioliittoviikon aikana hän tajusi tehneensä suuren virheen. Hän ei pystynyt repimään Sannaa sydämestään niin kuin oli luvannut itselleen. Tyttö oli tullut jäädäkseen. Tämän tunteen kanssa oli vaikea elää. Kotona vaimo vain muistutti siitä, mitä hänellä ei ole. Sanna oli ajatuksissa lähes koko ajan. Hän ei pystynyt vastustamaan mielikuvia naisesta. Ne tunkeutuivat uniin, ja päivisin ne täyttivät mielen, vaikka hän aluksi taistelinkin niitä vastaan. Olihan hän luvannut serkullekin. Nyt hän oli kuitenkin antanut periksi, eihän rakkaudessa voi olla mitään väärää, ja hän rakasti naista.

Fadi oli tutustunut uusiin ystäviin. Heillä oli samanlaisia ajatuksia ja samanlainen tausta. Heidät oli tuotu tänne pienenä, tai he olivat syntyneet täällä. Kaikilla heillä oli kokemuksia epäoikeudenmukaisuudesta, jota he olivat kohdanneet tässä maassa. Jo koulussa hän oli usein saanut kuulla olevansa alempiarvoinen, ja nimittely oli satuttanut, vaikka sen yrittikin peittää kovuuteen. Monet ikävät muistot kaiversivat vieläkin. Töissä hän olisi ansainnut ylennyksen, mutta sen sai tietenkin suomalainen. Hänellä oli omasta mielestään paljon enemmän kokemusta ja hän oli pätevämpi. Hän oli valehdellut Samirille saaneensa ylennyksen, koska ei halunnut olla ainainen pettymys perheelle. Liikennepoliisikin pysäytti aina ulkomaalaisen, viime viikolla hänet ratsattiin kolme kertaa. He olivat päättäneet yhdessä veljien kanssa vaatia oikeutta itselleen. Hän oli päättänyt aloittaa Sannasta.

Kahvilan ikkunasta oli hyvä näköala naisen työpaikan sisäänkäytävään. Hän tuli tänne lähes joka päivä, jotta näkisi edes vilahduksen naisesta. Tänään hän oli päättänyt ottaa ensi askeleen ja mennä juttelemaan tytön kanssa. Työntekijöitä alkoi virrata ulos ja mies odotteli kiihtymyksen vallassa naisen näkemistä. Hän maksoi laskun ja nousi pöydästä. Sanna tulikin ovesta ja hämmästyksekseen hän näki, naisen halaavan lilapaitaista miestä, joka oli odotellut sisäänkäytävän luona. Pian he lähtivät kulkemaan käsi kädessä ja hävisivät kulman taakse. Mitä helvettiä, onko Sanna yhdessä saman pehmon kanssa! Eikö mies tajunnut viestiä, jonka sai! Tuskallinen totuus sai aikaan hillittömän raivon tunteen ja ajatukset työskentelivät kuumeisesti. Hetken kuluttua mies kuitenkin rauhoittui. Kaikkiin ongelmiin on ratkaisu. Miehen kasvoille ilmestyi tyytyväinen hymy, hänellä ei ollut kiire. Hän lähti kulkemaan kotia kohti. Kotona odotti lämmin ruoka joka päivä. Vatsassa kurni suunnaton nälkä, jota pelkkä kahvi ei ollut tyydyttänyt.